Karin Rick

Sex ist die Antwort

ROMAN

Konkursbuchverlag

aktuell

Impressum

PF 1621 - 72006 Tübingen
Tel: 07071/78779 - Fax: 07071/763780
email: office@konkursbuch.com

Falls Sie sich für unser Programm interessieren, und diesem Buch kein Gesamtverzeichnis beiliegt, können Sie es gerne beim Verlag anfordern

Gesamtherstellung: Typo-Druck-Roßdorf GmbH
Gestaltung: Roland Eggers, Seeheim, mit Fotografien von Laurence Jaugey-Paget, aus ihrem Fotobuch „Nice girls don't".

ISBN: 3-88769-139-3

Inhalt

Hot Love

Ich springe in ein Taxi, die langersehnte Herbstsonne scheint durch die verschmierten Wagenscheiben. Ich bin blind dafür. Ich möchte nur schnell ankommen. Der Wagen hält vor einem heruntergekommenen Hotel, das einzige in der Stadt, in dem noch ein Zimmer frei war. Ich habe Stunden gebraucht, um es zu ergattern.

Ich trage uns in das Gästebuch ein. Als er unsere Namen sieht, fragt der Portier, ob es ein Zimmer mit zwei Einzelbetten auch tun würde. “Nein,” sage ich etwas zu laut. Er schaut mich mit einem aufdringlichen Blick an, bevor er sich umdreht und nach einem Schlüssel sucht.
Der mir zugewiesene Raum ist unter dem Dach, karg, noch nicht aufgeräumt, die fleckige, braune Matratze bloß. Ich bin mir selbst überlassen, von nebenan ist der Staubsauger der Zimmermädchen zu hören. Ich stehe ungeduldig in der Tür dieses Zimmers, das genaugenommen aus einem einzigen, großen, noch nicht gemachten Bett besteht. Ich frage mich, wie es hier drei Tage lang mit ihr sein wird.
Weder der schöne Tag, der durch das schräge Dachfenster erahnbar ist, noch der schmutzige, mit schwarzen Haaren übersäte Boden des Bades oder der klebrige, schimmelige Duschvorhang dringen in mein Bewußtsein. Ich bin von einem einzigen Streben getrieben - mich für sie schön zu machen.
Ich gehe meine Kleider gewissenhaft durch, dann entscheide ich mich für das, hinsichtlich der Situation des Abholens von einem Bahnhof, gewagteste Gewand. Es meint, ich will mit dir sofort ins Bett. Doch das Angebot ist verborgen. Ich schlüpfe in einen kurzen, sehr engen Rock, dessen Stoff bei jeder Bewegung glatt an den Schenkeln hin und her rutscht und mich erregt. Es ist

das erste Mal seit urdenklichen Zeiten, daß ich in der Öffentlichkeit einen Rock anziehe und Stöckelschuhe mit Bleistiftabsätzen. Ich habe Angst, von ihr sofort ertappt zu werden, bei diesem offensichtlichen Versuch, ihrem Geschmack zu entsprechen.
Und noch etwas ziehe ich über: eine schwarze Strumpfhose, die um meine Möse und um meinen Arsch herum ausgeschnitten ist, jene Stelle freiläßt, die sie streicheln, feucht machen, zum Anschwellen bringen, in die sie eindringen soll. Mein Oberkörper ist nur von einer Lederjacke bedeckt.

So aufgemacht gehe ich durch die Straßen und fürchte, daß mir alle ansehen, wie es darunter aussieht, daß irgendeiner der Passanten stehen bleibt, mir die Jacke aufreißt, den Rock hochzieht, mich in ein Haustor zerrt. Diese Kleidung zu tragen bedeutet Gefahr, sage ich mir. Aber niemand beachtet mich, die Leute gehen arglos an mir vorbei. Ich setze mich vorsichtig, damit der Ansatz der Strümpfe nicht sichtbar wird, auf die Terrasse eines Bistros, um schnell noch zu essen, bevor es beginnt, um keinen leeren Magen zu haben und damit abgelenkt zu werden. Drei Uhr nachmittags ist es jetzt, in dem Trubel um mich herum fühle ich mich verloren. Ich habe nur noch eine halbe Stunde, bis sie ankommt. Ich schwitze unter der Lederjacke, kann diese nicht ausziehen, weil ich darunter nackt bin, die Füße in den hohen Stöckeln schmerzen. Ich gehe auf die Toilette, um mich unter meinem Rock ganz frei zu machen. Ich ziehe nun auch noch den Slip aus, den ich vorsichtshalber bis jetzt getragen habe. Aber welche Vorsicht, was soll ihr denn passieren, dieser jetzt schon feuchten Möse?

Ich fahre zum Bahnhof, bin zu früh dran, gehe durch die Passage, noch immer einige Minuten bis zur Ankunft des

Zuges. Ich will nicht am Bahnsteig stehen, wenn sie ankommt, ich will, daß sie aussteigt, mich sucht und mich in dem kurzen Rock, mit meinen schönen langen Beinen in den spitzzulaufenden, so fragilen Stöckeln auf sich zukommen sieht und mich sofort haben will - aber der Zug hat Verspätung.

Die Sonne steht schon tief und leuchtet durch die milchigen Glaskacheln des Bahnhofdaches, macht die Ferne anziehender. Die schwarzen Schienen tauchen in dieses goldfarbene Licht und werden weit draußen selbst spiegelnd und glänzend, eine Atmosphäre des Aufbruchs verbreitet sich in der geschäftigen Halle, alle Konzentration scheint nur auf diese helle Weite gerichtet zu sein, und von dort wird sich auch der Zug nähern. Aber wann?

Ich gehe wieder zu den Kiosken zurück, betrachte die angebotenen Waren. Dann sehe ich Bewegung dort, wo ihr Zug erwartet wird. Leute. Leute kommen, aber nicht sie. Dann doch ihre Gestalt, in Schwarz gekleidet, klein, mit schwarzen Brillen, schwarzer Reisetasche um die Schultern. Flammend rotes Haar, kompakt zusammengeschnitten. Blickt suchend um sich.

Ich mache die ersten Schritte auf sie zu, wie wird es sein? Wer ist diese Frau mit den dunklen Sonnenbrillen? Was ist so Ansprechendes an ihr? Gefällt sie mir überhaupt noch? Wird es so sein, wie ich es in Erinnerung habe, so vollkommen, wie beim ersten und bis jetzt einzigen Mal? Die Schwarzgekleidete mit dem Namen Kaye erkennt mich, nur mehr einige Meter trennen uns beide voneinander. Ich nütze diese aus, um hüftschwingend auf sie zuzugehen, die Lederjacke weit offen.

Kaye nimmt die Sonnenbrille ab. Das Gesicht schaut

abgekämpft und fertig, schaut blaß aus unter der roten Haarpracht, um Jahre gealtert seit dem Sommer, ohne Schminke, die Augenbrauen ein dünner Strich. Sie ist um einen halben Kopf kleiner als ich, kleiner scheint es, als ich in Erinnerung habe. Ich schließe sie überwältigt in die Arme, bin stumm, während ich sie halte. Der Schweiß tritt mir aus allen Poren, so schnell bin ich zur Ruhe gekommen, und der Moment ist da, in dem alles gut wird.

Ein fremder Mensch steht vor mir, in sich festgefügt und ganz in Leder, auch die Hose diesmal in Leder, kenne ich sie wirklich? Ist das die Frau, die am Telephon eine dunkle Stimme hat, rauh und voller Verlangen, manchmal weich und voller Liebe? Ist das die Frau, die mich so angefaßt hat, wie noch nie jemand zuvor? Ich glühe vor Hitze, ich weiß nicht, was ich reden soll, ich sage, um meine Verlegenheit und Aufregung zu überbrücken, daß ich den ganzen Tag nur wegen des Zimmers unterwegs gewesen wäre, jetzt hätten wir endlich eines.

Wir sind gleich darauf in dem eleganten Bahnhofsrestaurant. Ich schenke ihr Tee ein und weide mich an ihren Blicken, wenn ich, wie ohne zu denken, die Beine übereinanderschlage, so daß der Rock höher über die Schenkel hinaufrutscht. Und ich beobachte heimlich ihre Augen, wie sie angelegentlich auf meinem Knie ruhen bleiben, überrascht über das eigene Interesse. Sie schaut mir jetzt wortlos ins Gesicht, und ich schiebe die Brauen arrogant hoch.

Wir nehmen die U-Bahn, ich setze mich ihr so gegenüber, daß meine Beine gespreizt zwischen den ihren sind. In dünnen Strümpfen und auf Stöckeln wie auf einem Seil balancierend, pressen sie sich an die ihren in schwerem Leder und drücken sie auseinander, leicht, aber bestimmt. Ich versenke den Blick in den der hellblauen Augen und spüre förmlich, daß mein Gegenüber nun innerlich tief Atem holt und immer wieder auf die Stelle schauen muß, wo mein Rock über den Schenkeln aufhört.

Meine Hände fühlen sich eiskalt an, die Wangen sind heiß. Ich genieße, daß ich unter dem Rock nackt bin. Weiß sie das schon? Ahnt sie es? Ich werde rot, weil ich mich selbst absichtlich in diese Lage gebracht habe, im hellsten Licht inmitten von fremden Leuten, in der U-Bahn das Begehren einer anderen Frau aufgestachelt zu haben und nun nicht mehr vor ihren Blicken flüchten zu können. Sie lächelt.

Wir verlangen den Zimmerschlüssel, wir sind im Aufzug inmitten von fremden Menschen einander gegenüber, berühren einander nicht. Ich will immerzu wissen, ob ich aufregend genug bin für sie, wage es nicht, danach zu fragen.

Ich schließe die Tür auf, möchte, daß alles sofort beginnt, daß das Warten aufhört, aber das darf sie nicht wissen. Um die Atmosphäre zu entspannen gehe ich zum Kopfende des Bettes und nehme mit einer ungelenken Geste das Geschenk des Hauses, ein Päckchen Gummibärchen in die Hand, drehe mich um, um es ihr lachend zu reichen. Sie aber steigt nicht darauf ein, steht am Fußende und schaut mich fordernd an.

Der dünne Rockstoff spannt sich über meine Schenkel, als ich mich breitbeinig vor sie hinstelle, was einen Schuß Geilheit in meine Körpermitte schickt. Ich halte ihrem Blick tapfer stand. Sie läßt sich Zeit. Langsam geht sie auf mich zu und zieht mir den Zipp der Jacke hinunter, so daß diese nun offen an meinen Brüsten hängt, reißt sie dann mit einem Ruck auseinander, schaut auf die klaffende Öffnung.

Meine Brustwarzen sind steinhart zwischen ihren Fingerkuppen. Sie betrachtet sie, dreht daran. Dies ist eine meiner liebsten Phantasien, angeschaut, aufgemacht zu werden, verhalten begehrlich. Wir sprechen kein Wort. Ich weiß nicht, wie es weitergehen wird, was sie mit mir machen möchte.

Ihr Finger gleitet genau in der Mitte meines Körpers zum Rockbund und weiter abwärts. Meine Schamlippen sind schwer vor Ungeduld, entdeckt zu werden. Wenn die Fut einmal nackt da liegt, muß sie längst feucht sein, bereit für sie. Dick angeschwollen, aber so, daß der schleimige Film die fremden Finger in mich einsaugt, die Finger, die Hand, den Schwanz, was sie will, alles.

Ich stehe mit gespreizten Beinen, mit bloßen Brüsten da und warte. Sie kommt nun mit dem Finger bei dem bauschigen Hügel der Schamhaare an, der sich durch den Rock abzeichnet und hält irritiert inne, weil sie spürt, daß darunter kein Stoff mehr ist, schaut fragend auf, grinst. Ihr Finger rutscht unter den Rock, schlängelt sich den Schenkel hinauf, kommt dort an, wo der Strumpf aufhört, wo die Haut beginnt, glatt, nackt, seidig. Unsere Blicke versenken sich ineinander. Ihre Augen werden kurz zu Schlitzen. Es ist nun noch stiller zwischen uns.

Ich schiebe mir den Rock in einer streichelnden Bewegung langsam über die Schenkel und zeige es ihr. Es erregt mich, daran zu denken, wie schön ich für sie bin. Ihr Finger gleitet zwischen die Schamlippen. Mit einem

Ruck wirft sie mich auf das Bett.
"Was willst du", fragt sie.
Ich sage, daß ich von ihr gefickt werden will. Ich will jetzt das haben, was sie am liebsten macht. Sie soll mich nur ficken. Sie dreht mich mit einer harten Geste auf den Bauch, um meinen nackten Hintern vor sich zu haben, während sie sich für den Fick fertig macht, den Schwanz umschnallt, sie drückt mich ins Kissen, weich, aber unmißverständlich, und streichelt meine Arschbacken. Sie preßt ihn an meine Lippen, keucht, als ich ihn kose. "Gut so, Süße", zischt sie. "Komm tiefer, komm."
Ich weiß, wie es wirkt, wenn ich hingebungsvoll an einem Schwanz lecke. Ich kann es ihr nicht verdenken, daß sie nun nicht mehr länger warten will, schon über mir ist, mir die Beine spreizt, mit den angespeichelten Fingern zwischen meine Schamlippen fährt, diese für sich vorbereitet, noch offener, rutschiger macht, damit ich ihr nichts mehr verwehren kann, damit an mir nichts mehr ein Hindernis für ihren Fick ist. Dann ist sie mit der kalten Eichel an mir, am Eingang der Fut, stößt in mich hinein, und ich habe den einzigen Wunsch, sie so tief wie möglich hineinzulassen, am liebsten ganz aufzunehmen, diese Frau, der es gelingt, mich so geil zu machen, diese Frau darf mit ihrem harten Schwanz in mich eindringen, so tief es geht, ganz in mir sein, und darf sicher sein, daß ich es schnell, sehr schnell kriegen werde.

Nachtschwarz

Sie hat alles so erledigt, wie ich es gewünscht habe. Sie preßt noch immer, pumpt in mich hinein, kommt wieder, die Feuersträhnen der Haare kleben ihr an der Stirn. Ihre Art, Lust auszuleben, liegt mir zutiefst, hart und sparsam, zuckend, wie ein Tier, bevor es den Geist aushaucht. Es ist kein unendliches Verströmen, wie man es von Frauen sonst kennt. Fast liebe ich sie dafür, daß sie es so und nicht anders kriegt, und doch macht mich die bloße Erfüllung meiner Wünsche ungeduldig und leer. Werde ich immer unter ihr liegen? Wird sie ihre Möse hergeben für mich? Wird sie je zulassen, daß ich sie mit der Hand dort berühre, wo jetzt ihr Schwanz aufliegt? Werde ich sie beherrschen können, wie sie es sich wünscht, oder kann ich mich nur so wie jetzt anbieten, so nackt, so feucht wie möglich? Mich aalen unter ihren Blicken, *comme une chatte, la féline, la femme*, sie so zu reizen, natürlich, das fährt ihr ein, ich weiß zu genau, wie dies zu inszenieren ist.

Ich komme ihr in diesen Stunden nicht nahe. Sie sind anders als die schwülstige Atmosphäre, die zwei Stimmen einander fremder Menschen am Telephon verbreiten können. Auf Grund einer einzigen Liebesnacht im Sommer hatten wir uns Zugeständnisse über Gefühle gemacht, die mir jetzt abhanden gekommen sind. Ich finde sie jetzt auch nicht schön. Ihr abgearbeitetes Gesicht mit den tiefen Schatten unter den Augen macht mich nicht weich. Ich kann an nichts anknüpfen. Die Worte in den Briefen erscheinen mir jetzt absurd. Meine alles gleichmachende, träumerische Sehnsucht, die mich in den letzten Wochen beflügelt hatte, hat in der Wirklichkeit kein so weites Feld mehr. Da liegt sie neben mir und hat mich gevögelt, wie auch Männer mich einst gevögelt haben, und je länger es dauerte umso weniger hat es mich begeistert, und was nun? Die Realität ist, daß sie viel redet und Monologe hält, und es mir nicht gelingt, sie zu unterbrechen, und ich müde werde vom Zuhören. Warum redet sie gleich nach ihrer Ankunft über die müßige Pornographiedebatte? Regt sich über die spießigen Feministinnen auf, die ihre Kunst ablehnen, was ja in den ersten Stunden unseres Wiedersehens niemanden interessiert? Aber so ist sie. Ich habe mich auch damit abzufinden, daß sie, wenn sie einmal zu reden anfängt, lange braucht, um einen Gedanken zu vollenden.

Ich kränke sie, aus purer Achtlosigkeit. Ich sage nach unserem wilden Liebesspiel: "Auf verräterische Spuren, Kratzer brauche ich nicht zu achten, ich habe ja derzeit keine Liebesbeziehung. Aber bekanntlich dauert es nicht ewig, bis man in der nächsten drinnen steckt." Ich lache und bin schon beim nächsten Thema. Sie aber liegt auf einmal mit geschlossenen Augen da und bewegt sich nicht mehr. Ich rüttle sie.
"Schläfst du?"
"Nein."
"Was denn?"
"Ich muß erst alles verdauen."
"So mach doch die Augen auf, du schaust ja aus, wie eine Mumie."
"Du fragst nicht einmal, was ich verdauen muß. Es scheint dich nicht zu interessieren", murmelt sie.
"Doch, sag es mir", bitte ich sie höflich. Ich kann mit diesem Stimmungsumschwung nicht umgehen.
"Daß du so gefühllos bist. Da liegen wir hier, und ich bin noch in dir. In dir wohlgemerkt, und du erzählst mir, daß du schon die nächste Beziehung in Aussicht hast."
"Das habe ich nicht gesagt."

“Doch. Du hast gesagt, ‘erfahrungsgemäß dauert es nicht lang.’ Und mich beziehst du in diese Rechnung gar nicht ein.”

“Kaye...“

“Sei still. Du schläfst mit mir, und wir haben einander Liebesbriefe geschrieben, aber die genügen wohl nicht, um einen Platz in deinem Leben zu bekommen. Übermorgen fährst du nach Wien zurück und wirst dich dort verlieben.”

“Ich bin doch in dich verliebt”, antworte ich. Davon bin ich allerdings gerade jetzt nicht überzeugt.

“Ach sag es nur, wenn du wieder allein bist, tanzt die nächste an.”

Sie legt sich auf mich und preßt mich mit dem Becken in die Matratze. “Wird es halt reiner Sex, ich passe mich gerne an”, flüstert sie. Ich lache sie aus. Sie hat mich beschämt.

Wir machen uns zum Essengehen fertig. Es ist halb elf Uhr nachts. Ich finde mich mit ihrer Erscheinung nicht zurecht. Um schön zu sein kleidet sie sich in Leder, was mir fremd ist. Dies wirkt herausfordernd, auffordernd, kompromißlos, einschränkend und einschlägig. Jeder, der sie sieht, weiß, woran er mit ihr ist. Auf den ersten Blick schon ist sie “sexuell”, “hart sexuell”. Die Kleidung deutet auf eine Vergangenheit, die von meinem Leben Lichtjahre entfernt ist. Am nächsten Morgen, wenn wir bei schönstem Herbstwetter durch die Stadt spazierengehen werden, wird sie mir von ihrer Zeit als Puffmutter erzählen, von den Mädels, die für sie gearbeitet hatten. Sie hätte diese sexuell befriedigt und sich um ihre Lebensprobleme gekümmert. Erst Jahre später hätte sie als Bildhauerin zu arbeiten begonnen. Sie schildert mir gern ihr Leben in vielen Einzelheiten. Sie will sich mir offenbaren. Nachher fragt sie schüchtern, ob sie mich schockiert hat.

"Nein", sage ich. Ich schätze es, wie kompromißlos und aufrichtig sie solche ungewöhnlichen Bindungen eingeht, aber ich schrecke davor zurück, mich in ihre Welt hineinzuversetzen. Was will sie von mir, deren Leben im Vergleich dazu in geordneten Bahnen verlaufen ist, deren Sexualität sich nicht in solche halbweltlerische Tiefen hinabgewagt hatte, die verderblich sind wie Absinth?

Als wir das Hotel verlassen und über die Straße gehen, zögere ich, den Arm um sie zu legen. Um die Schultern? Um die Taille? Es scheint abwegig, dies zu tun. Sie stakst in ihren Stiefeletten neben mir her, ihr wiegender, steifer Gang kommt von der engen, schweren Hose und den ausgetretenen, spitzen Schuhen. So geht man, wenn man eingespannt ist in Leder.
Im Lokal drehen sich die Leute nach uns um. Das ist mir nichts Neues. Wenn ich mit Felicitas ein Lokal betrat, erregte deren hartes, schönes Gesicht Aufmerksamkeit. Hier schauen die Leute von ihrem Essen auf, weil eine Lederfrau den Gastraum betritt. Jedes Detail "sitzt" an ihrem Outfit, schwarz die Kleidung, die Feuersträhnen der Haare mit viel Gel in Form gebracht. Glänzend. Das Rabenschwarze ist jedoch nicht eine Sache des Materials. Auch ich könnte in Leder gekleidet sein, und wäre nicht so dunkel in meiner Wirkung wie sie, mit ihrem bleichen, ausgewaschenen Gesicht. Ich würde diesen Stoff nie so tragen, als wäre er meine zweite Haut. Auch nicht die beiden Silberringe, das Armband mit den Metallamellen. Sie prägen ihre Hände, machen sie verboten anziehend. Sexy. Den Eindruck vermittelnd, sie würden richtig zupacken, wenn die Stimmung danach ist.

Mit diesem Wesen aus dem Bauch der Erde sitze ich in einem Bierlokal, von den Blicken der anderen wie mit Spießruten verfolgt. Eine Wiederholung? Auch mit Felicitas hatte ich anfangs das Gefühl, daß sie authentischer wäre als ich, präziser einen bestimmten Typ verkörpere und deshalb die Augen der anderen auf sich zöge. Ich beneide Kaye heimlich dafür, daß sie so konsequent zu ihrem Lederimage steht. Ich würde es nicht aushalten, Tag für Tag dieselbe Uniform tragen zu müssen. Ich beneide sie für diese kristallklare Ausschließlichkeit. Aber ich weiß nicht, was ich mit ihr reden soll. Mir kommt nichts in den Sinn, was ich erzählen oder fragen könnte. Wie wird das in Zukunft sein. Gibt es eine für uns?

Ich nehme den Arm von ihrer Taille, als wir nach Hause gehen, aber sie schiebt sich fordernd dicht an mich heran und schaut mich so befremdet an, daß ich die Hand wieder an ihre Hüfte lege, und sie befriedigt auflacht.

Vorspiel

Es ist das erste Mal, daß ich mich mit ihr zu etwas so Notwendigem wie Schlaf in einem Bett zusammenfinde. Wir löschen das Licht und ich habe ihren sinnlichen, leicht erotisierbaren, oft quirligen, sich harmonisch bewegenden Körper an mir, und ihre Gegenwart durchdringt mich, die Erinnerung an die Lust, an ihre Finger an meinen sensiblen Stellen, die Aussicht auf viele ähnliche Stunden. Ich lehne mich an ihre Brust, lege meinen Körper bis zu den Fußspitzen an ihren an und überlasse mich meiner Müdigkeit.

Auf einmal ist sie über mir, wach geworden oder immer noch gewesen, ist wild und will mich, und ich wehre mich dagegen. Ich bin erschreckt, ich mag nicht mit Gewalt genommen werden, im Dunklen, von einer unbekannten, mir fremden, willkürlich handelnden Frau, die auf einmal geil geworden ist, anstatt zu schlafen, und ich presse die Beine zusammen und möchte mich aus ihrer Umklammerung befreien, aber es geht nicht. Sie ist stärker, sie hält mir die Hände über dem Kopf zusammen und hat mit einem Ruck auch meine Beine gespreizt, und ich fühle mich gedemütigt, bin ausgeliefert und voller Angst. Ich schreie: "Hör auf." Sie aber packt die Panzerkette um meinen Hals, die ich mir gekauft hatte, weil sie ihrer ähnlich war, um etwas zu haben, was mich an sie erinnert. Sie dreht sie an meiner Kehle zu und flüstert mir heiser und gehetzt zu: "Warum hast du sie gekauft, sag es." Ich sollte antworten: "Weil sie mich an dich bindet, weil du mit mir machen sollst, was du willst." Ich weiß, daß sie auf eine solche Antwort wartet, aber ich tue ihr diesen Gefallen nicht. Ich schweige, und dann läßt sie von mir ab.

Sie dreht sich weg, und ich schwebe in einem schlafähnlichen Zustand. Die Gefühle, die ich seit Wochen für sie hege, sind jetzt da, ausgelassen wie wilde Hunde und bestürmen mich, und mein Brustkorb scheint aufgerissen zu sein und brennt von einer Schulter zur anderen, meine Zuwendung ist wie Feuer und strahlt im Dunklen zu ihr hin, und kann sich nicht festmachen und anklammern, denn sie weiß nichts davon. In diesem leeren Raum sinke ich in einen unruhigen Schlaf, der von Träumen bevölkert ist, Träumen von ihr.

Ich weiß nicht, ob es die Zuneigung zu ihr ist, die diese fast schmerzhafte Gefühlsintensität auslöst, oder die Kluft zwischen meinen lange aufgestauten Hoffnungen und der Wirklichkeit, die deutlich macht, daß ich mich nicht einfach, so glatt, wie ich es gewünscht habe, in sie verlieben kann. Zuerst der heftige Wunsch, es möge doch so kommen, dann die Enttäuschung darüber, daß es nicht sein kann. Was ist es aber, was mich zu ihr hinzieht und alle Süßigkeit in mir "an ihr" festmachen möchte, an dieser, in mir Widersprüchliches auslösenden Frau?

*

Ich wache auf. Am liebsten würde ich weiterdösen, weiterhin das Gefühl genießen, mit ihr in diesem Bett zu schlafen, zu wissen, daß sie neben mir liegt, wenn auch unter den Decken verschwunden. Ich denke aber pflichtbewußt an das Frühstück, es ist schon halb zehn, ich rücke zu ihr und umfasse sie. Sie fühlt sich zart und schlank an, ich habe sie sofort eng an mir. Wir sind wegen des Frühstücks und des damit verbundenen Aufstehens unschlüssig, und so kommt es nun doch dazu, daß ich mit dem Mund ihre Schamlippen berühre, ihre Beine öffne. Es ist so selbstverständlich, sich ihr sexuell zu nähern, weil sie darauf wartet, es im Schlaf schon gewollt hätte.

Ich lasse meinen Speichel auf sie herunter tropfen, damit die erregende Rutschigkeit mein Hin und Her in ihr verstärkt. Ich dringe in sie ein, zuerst sanft, dann schnell, härter, ohne aufzuhören. Sie gibt sich mir hin, sie ist maßlos, gehetzt, getrieben. Sie kniet sich auf und ich ficke sie weiter. Sie flüstert mit ihrer rauhen Stimme Sätze wie "Du kannst es ja kaum erwarten, fährst mir sofort in die Fut, hältst dich wohl ungern mit anderen Sachen auf, willst mich sofort haben."
"Ja", sage ich und mein Blick ist brutal.
"Du kriegst mich aber nicht so leicht", stöhnt sie und versucht, sich meinen Fingern zu entwinden. Ich lasse sie nicht, ich liege auf dem Rücken jetzt, sie mit gespreizten Beinen über mir, meine Hand steckt fast zur Gänze in ihrer Möse und ich dirigiere sie, rücke sie zurecht, wie ich es brauche und ficke sie weiter.
"Schlag mich!"
Ich gehorche und knalle ihr die flache Hand auf den Arsch, und in diesem Moment ist es, als ob in mir eine Sicherung durchbrennen würde. Wie das Abwerfen eines alten Panzers der Unbeweglichkeit, der Starrheit fühlt es sich an. Ich erhebe mich, streiche unendlich langsam über ihren Rücken. Ich richte sie für mich her, währenddessen schaue ich mich um, krame in meiner Reisetasche, finde nichts Passendes, dann reiße ich einfach den Gürtel aus der Halterung ihrer Hose.

Sie hat mir genug Zeit gelassen, liegt aufgelöst auf dem Laken - ein ekstatisch erregtes Bündel, das auf jede Geste von mir stundenlang warten würde, ohne an seiner Geilheit etwas zu verlieren. Jetzt zieht sie sich die Decke über den Körper, um sich vor mir zu verstecken, aber das darf sie nicht. Ich schlage diese in aller Ruhe zurück und umfasse ihren Nacken, drücke ihren Kopf mit einem festen Griff in das Kissen. So soll sie bleiben. Ich wickle den Gürtel um mein Handgelenk und kose sie mit seiner Spitze zwischen den Beinen, den Lippen, tippe mit dem Leder auf ihre Haut, und dann schlage ich los und ficke sie und schlage und ficke sie, bis sie nicht mehr kann.

Es ist für mich ein Kunstwerk, genau den Moment abzuschätzen, wann ich lospeitsche, ihr zu verstehen zu geben, daß es mich anmacht, sie in meiner Gewalt zu haben, sie warten und spüren lassen, daß ich sie jetzt nehmen werde, wohlwissend, es tut ihr weh. Sie ist nackt und schutzlos, umso schutzloser, als sie ja aufgegeilt ist, und in dieser Erregung von mir Schmerz zugefügt haben will, möchte, daß ich sie mit einem unerbittlichen Ausdruck im Gesicht anschaue, während ich sie züchtige.
Es ist die kalte Freude an ihrer Unterwerfung, und zu dieser Kälte kommt das heiße Verlangen, "ganz bei ihr" zu sein, von ihr gefangengenommen, von ihrem Genuß, von ihrem "Sich aussetzen, Hingeben", in ihrer Gegenwart zu sein, von ihr weggetragen zu werden, von ihrer Forderung, sie zu vögeln und währenddessen zu schlagen.

Die Galerie

Wir gehen durch die Stadt. Es ist zwei Uhr nachmittags, blauer Himmel. Wir kaufen uns Brezeln, und setzen uns an die Mauer eines Springbrunnens in einem Park. Sie nimmt meinen Kopf auf ihre Schenkel. Dies ist nicht bloß ein "Platz nehmen", "Sich zurücklehnen". Dieses Ausruhen an ihrem Körper hat noch etwas anderes, etwas, wie soll ich sagen, Verbotenes, Ungeöffnetes, Gewagtes an sich. Sie ist irreduzibel fremd. Mich an sie schmiegen ist noch mit Aufregung und Herzklopfen verbunden, fühlt sich an wie "heimlich ins Marmeladeglas fassen". Ich will durch das Leder hindurch ihre Brüste fühlen, will in einem schwindelerregenden Lusttaumel zum x-ten Mal diese Brüste abtasten, so schlaff sie sind. Habe den Drang, zwischen diese Panzerjacke zu fahren, als hätte ich das vorher noch nie gemacht, und durch den leichten Stoff des T-Shirts die Haut wie Eingeweide abzutasten, gegen das Sonnenlicht in ihr Gesicht zu schauen.
"Mach die Augen zu, du tust dir weh", befiehlt sie.
"Das sagst du nur, weil du meinen Blick nicht erträgst."
Wissen, daß meine Augen jetzt besonders strahlen, wissen, daß dies sie berührt, und paralysiert und sie mich immerzu anschauen muß.
Ich will, daß andere Leute, die uns kennen, das Unglaubliche sehen, mich und Kaye Norton in zärtlicher Umarmung. Ich möchte von anderen, mir bekannten Menschen in meinem extravaganten Glück beobachtet werden. Auch hier in diesem Park, in der milden Wärme der Septembersonne, bekleidet mit einem rosa Leinenanzug, der in Konsistenz und Farbe leicht zerstörbar wirkt, im Vergleich zu den Materialien, mit denen sie sich bedeckt.
Zärtlichkeit. Plötzlich durch ihren Anblick aufgegeilt

werden, dann wieder sekundenlang nichts von ihr wissen wollen, im Bewußtsein ihrer, fast unangenehmen Andersheit. In der U-Bahn unter Tausenden Rolltreppe fahren und die Langsamkeit spüren, mit der die Gier über meinen Körper kriecht, wenn ich mich, eine Stufe über ihr, an sie lehne, und mit der Hand zu ihrem Hosenschlitz gleite.

Sie führt mich zu einer Galerie, in der eine ihrer Skulpturen zu sehen ist. Die Ausstellung heißt "Körper - Innen/Außenräume". *Kaye Norton* steht auf einem Schild neben einem tiefroten, zwei Meter hohen Fleischklumpen aus weichem Kunststoff zu lesen, dessen Oberfläche aus tiefen Falten, Ausbuchtungen und Hügeln besteht, glatt an manchen Stellen, aufgerauht, wie eine Tierzunge an anderen – eine Mehrfachvagina zum Angreifen, Abtasten, Anlehnen. Sie lacht entzückt, als sie mein ratloses Gesicht sieht.
"Das weibliche Geschlecht soll sich verdoppeln, verzehnfachen", ruft sie aus und hüpft vor Begeisterung. "Das hier hat nicht nur eine Öffnung, sondern viele, und in jede kannst du hinein. Was glaubst du, was für ein Spaß das ist, so etwas herzustellen, und darin herumzukramen."
Sie kann sich nicht mehr halten vor Lachen. Ich lasse erstaunt meine Finger über die genoppte Oberfläche der Riesenvulva gleiten, meine Hand wird ganz zwischen nassen Lappen eingesogen, das gummierte Material um mein Handgelenk heizt sich schnell auf. Ich ziehe die Hand schnell wieder heraus. Eine Frau mit zwei kleinen Kindern kommt bei der Tür hinein. Sie bleibt irritiert stehen. Als sie begriffen hat, um welches Objekt es sich handelt, verzieht sie angeekelt ihr Gesicht und geht. Die Kinder aber bleiben staunend stehen, boxen in die Ausstülpungen hinein, werfen sich lachend mit dem ganzen

Körper gegen den Gummi, versuchen, das Gebilde zu umarmen. Sie werden von ihrer Mutter mit Mühe weggezerrt.
"But let the children play", ruft Kaye ihr entrüstet nach. Das also ist eine der Skulpturen, die Stürme in feministischen Wassergläsern entfacht hat und die meinen Wunsch, Kaye einmal über den Weg zu laufen, weckte. Ein, zwei Abbildungen anderer Objekte waren mir aus Katalogen vertraut. Diese Vulva war mir neu.

Kayes Fans sind zahlreich. Eine hat seit Stunden auf sie gewartet. Klein, gedrungen, breite Armbänder an den dicken Handgelenken, Cissy Holaubek mit Namen und aus Wien. Irgendwo an ihrem Körper trägt sie auch ein Lesbenzeichen, ich kann mich später nicht mehr erinnern, wo, im Ohr oder am Hals, unter zahlreichen anderen massiven goldfarbenen Ketten, Metallringen und Totenköpfen, Tätowierungen und sonstigen Insignien der Geschmacklosigkeit. Sie grinst breit und untertänig, als sie Kaye begrüßt. Wir gehen zu dritt etwas trinken, und alsbald spüre ich eine Art Verlust neben dieser Frau, die wie ein Saugnapf an Kaye klebt, als bestünde ihre einzige Daseinsberechtigung darin, dieser jedes Wort von den Lippen abzulesen.
"Ich würde am liebsten aufstehen und gehen", raunt Kaye mir zu. Aber dies wäre unhöflich, angesichts Cissys blinder Begeisterung für Kayes Kunstwerke.

"Und wann wird endlich ein Film über dich gedreht?" Diese Frage ist der Auslöser für Kayes Lieblingsthema, die Ausgrenzung, die ihre Kunst in Wien erfährt. Die Wiener Frauen würden schon seit Jahren nichts über sie wissen wollen, sie boykottieren, weil sie ihnen zu radikal wäre. Ich bin genervt von diesen pauschalen Urteilen. Kaye will damit nur noch mehr Bewunderung bekommen, sie macht sich selber gefährlicher, als sie ist, denke ich.

“Um einen Film zu finanzieren, müßte ich wieder ein paar Mädels für mich arbeiten lassen”, grinst Kaye. Als sie mein indigniertes Gesicht sieht, entfährt ihr: “Du magst dieses Thema nicht, du findest das zu verdorben.”

Ich werde knallrot, weil ich meine Meinung aus lauter Höflichkeit nicht sagen kann. Kaye, meine Süße, übertreib nicht so schamlos, aus lauter Gier nach Komplimenten. Daß sie ihre Vergangenheit auf so angeberische Weise ins Spiel bringt, daß sie darüber spricht, und es um Sex geht, und ich eben noch mit ihr geschlafen habe, ärgert mich. Was in dem Hotelzimmer zwischen uns passiert ist, macht mich verlegen und heiß und geht diese Cissy auch nichts an. Ich weiß nicht, wohin ich schauen soll. Ich sage: “Mir ist nicht gut, ich hole mir ein Glas Wasser vom Buffet.”

Kaye springt auf.

“Ich kann es dir auch holen.”

“Nein, nein, es geht schon.”

Ich suche das Buffet auf, bin aber so durcheinander, daß ich die Getränke nicht finde, und auf einmal steht Kaye vor mir.

“Was ist los mit dir? Habe ich etwas gemacht, was dir nicht gepaßt hat?”

Daß sie mir nachgeht, hätte ich mir von ihr nicht gedacht. Ich hätte mir vorgestellt, daß sie sich mit der derben Cissy über meine Sensibilität lustig macht. In gewisser Weise scheinen die beiden auf der selben Wellenlänge zu schwimmen. Statt dessen steht sie vor mir, so klein und so betrübt, mich vor dem Kopf gestoßen zu haben, und nicht zu wissen, wieso, daß ich Mitleid mit ihr habe.

“Ist es, weil ich über die Wiener Frauen so hergezogen bin?” fragt sie.

"Ja, nein, auch."
"Ich möchte ja ohnehin sofort nach Hause mit dir."

Die Holaubek kommt jetzt her und sagt in einem Anflug von Feingefühl, daß sie nicht weiter stören möchte.
"Ich ertrage es nicht, daß du damit prahlst, Frauen auf den Strich geschickt zu haben", herrsche ich sie an, als wir auf dem Weg zurück zum Hotel sind.
"Ja glaubst du, daß das so toll für mich war? Das ist doch eher erbärmlich, wenn man sich so sein Geld verdienen muß, glaubst du, damit will ich mich brüsten?"
Sie weiß nicht, wie sehr mich diese Begebenheiten aus ihrem früheren Leben verunsichern. Sie weiß nicht, daß dieser Vorfall mich an meine Beziehung mit Felicitas erinnert, die neben mir ein zweites Leben führte, von dem sie mich immer fernhielt. Ich kläre sie darüber nicht auf.

Wir wollen uns bloß ausruhen, um nachher in die Disco zu gehen, aber dann lieben wir einander, wie könnte es anders sein. Noch nie habe ich einen Menschen gekannt, bei dem sich, wie bei ihr, auf so unauffällige Weise Liebe ergibt, ausgelöst durch nichtige Handbewegungen. Sex ist plötzlich da, und schmiegt sich an meine Existenz in diesem engen Hotelzimmer. Sie setzt mir die Kopfhörer ihres Walkmans auf, und ich höre Soul und rekle mich, und meine entspannten Bewegungen törnen sie an. Sie streichelt meine Beine, sie umfaßt mich, so wie ich da liege, vor mich hin summend. Ich lasse mich in ihre Umschlingung hineinschlüpfen. Ich brauche nur nachzugeben, wenn ihre Hände mich zubereiten für den Akt. So wie man Butter glatt streicht, fährt sie über meine Schenkel. So wie sich ein leichtes Kleidungsstück, vom Wind bewegt öffnet, entfaltet, drücke ich wollüstig mein Becken durch und mache mich für ihre Zunge auf.

Ich bin ihr heimlich dankbar dafür, daß sie so geschickt ist, ahnt, was angebracht ist, durch Übung, Intuition, durch eigene Vorlieben. Wir haben dieselbe Reizschwelle für das, was so sehr anmacht, daß man sich mit der anderen auf alles einlassen möchte. Sie ist scharf auf mich. Sie liebt mich und ist trotzdem obszön in ihrem Verlangen. Sie mag Huröses. Ich kann ihr meine Möse als Fotze anbieten, als Loch, als Fut, ich kann ihr zuflüstern, daß sie mich aufreißen darf, ihr allerlei Demütigendes, Erniedrigendes anbieten, und sie wird es so geil finden wie ich, und mich deswegen nicht verachten oder unterjochen wollen, sondern lieben dafür.

Sie wird nicht wie Felicitas meine Sexualität heruntermachen - obwohl Felicitas nur eine vage Ahnung von meinen inneren Bildern hat, von meiner tatsächlichen Perversion, meiner wirklichen Geilheit, dem Fetzigen, Ordinären, Vulgären, Häßlichen, Unanständigen, Fotzen- und Futhaften, dem Dreck, dem Abschaum, in dem ich mich in meiner Phantasie suhle, und nun endlich auch mit einer Frau im realen Leben, mit einer, bei der ich mich auch geborgen fühlen kann. Zu meinem Entsetzen und meiner großen Angst, zu meinem Erschauern, aber auch zu meiner Freude ist dies mit ihr möglich. Und das habe ich geahnt, als ich sie zum ersten Mal sah, sonst hätte ich mich vor einigen Monaten nicht auf sie eingelassen.
Die Vertrautheit, die sich schon bei dem ersten harmlosen Gespräch zwischen uns ergab, beruhte auf dem gleichen Pegel sexueller Geilheit, auf dem gleichen Drang nach Schmutz, nach dem Bösen und Schäbigen. Maßlos davon angezogen sein, scharf darauf, daß das Triebhafte emporkommt, egal, welche von uns beiden die ist, die sich anbietet und darauf wartet, daß die andere sich bedient, oder die, die peitscht.

Die Konkurrentin

In Wien ist der Himmel verhangen. Die Lamellen der Jalousien klappern unwirsch, als ich sie in die Höhe ziehe. Regenlicht dringt in das Büro. Die Institutssekretärin hat mir während meiner Abreise die Post unter der Tür durchgeschoben. Nichts Persönliches. Eine Einladung, einen Vortrag zu halten, Zeitschriften. Das Telephon schrillt unerbittlich. Felicitas. Forsch und übertrieben gut aufgelegt, als ob alles beim alten wäre, als ob ich immer noch ihr gehörte. Als ob Grund bestünde, mich weiter zu quälen, schreit sie mir ins Ohr: “Warum warst du nicht schon um acht im Büro?”

“Ich bin krank”, sage ich.

“Krank, krank im Kopf”, ruft sie wiederholte Male. “War es denn so anstrengend in Deutschland?”

Ich bemühe mich, kein Streitthema aufkommen zu lassen.

“Meine Vorträge sind gut angekommen”, sage ich vage.

“Sexismus ist halt ein Skandalthema, das hört sich jede irgendwann einmal an”, ätzt sie. Ich schweige resigniert und kritzle nervös auf meinem Notizblock herum. Zuerst habe ich ihr noch die Freude, mich erreicht zu haben, angehört. Die ist verflogen. Sie ist unwirsch darüber, daß wieder einmal sie es war, die angerufen hat.

“Und”, fragt sie weiter, “hast du dich wenigstens ausgelebt in Düsseldorf, so wie du wolltest?”

Ich überwinde meine Angst vor weiteren Gemeinheiten und vor eventuellen Sanktionen, davor, für immer von ihr verlassen zu werden – sie ist ja schon längst von mir gegangen, auch wenn sie mir verschweigt, mit wem.

“Ja”, sage ich und lache kurz auf, als wäre dies die Antwort auf die Frage, ob der Film im Fernsehen gestern gut war.

“Ja?” wiederholt sie überrascht, und ich bedaure es, sie

jetzt nicht *live* vor mir zu haben und ihr Gesicht zu sehen. Warum habe ich nicht auf ein Treffen gewartet, um ihr diese Neuigkeit mitzuteilen? Aber wer weiß, ob es je noch eines geben wird. Lügen will ich nicht, dazu ist das Erlebnis mit Kaye zu aufwühlend gewesen.

"Und mit wem?" fragt sie weiter, und ihre Stimme klingt gänzlich desinteressiert. Ich weiß aber, daß sie nichts auf der Welt brennender wissen will, als das.

"Ich weiß nicht, ob ich das am Telephon sagen soll", lache ich.

"Wieso? Hast du Angst, daß du von der Stapo abgehört wirst?"

"Ich möchte die Dame nicht kompromittieren."

"Die Dame!" kichert sie. Erleichtert, daß es sich um eine Frau handelt, oder weil ihr das Wort "kompromittieren" übertrieben vorkommt. "So sag schon. Ich kenne sie ohnehin nicht."

"Doch."

"Ich kenne sie?" sagt sie jetzt verunsichert. "Na wer kann schon groß in Düsseldorf gewesen sein, in diesem Kaff. Die Veranstalterin von "Frauen und Gewalt" persönlich, diese vertrocknete Alte."

"Nein. Eine Künstlerin."

"Ach so?"

"Kaye Norton", sage ich voller Genugtuung, Zufriedenheit und Glück.

"Kaye Norton und Künstlerin! Du enttäuschst mich, meine Liebe", stößt sie hervor. Pause. Unsere Stimmung ist auf dem Nullpunkt angelangt.

"Na, ich gratuliere. Wenigstens hast du in punkto Vokabular eine kongeniale Partnerin gefunden. Seid ihr vor lauter Benennen der einschlägigen Körperteile überhaupt zu etwas gekommen?"

Dann wechselt sie das Thema.

Eine Stunde später klopft es an der Bürotür. Felicitas steht am Gang, hinter ihr eine Traube Studenten, die neugierig schauen. Sie blickt mich gehetzt an, als wäre jemand hinter ihr her, ein Gehabe, das sich in den letzten Monaten verstärkt hat, das kein Nachdenken, kein Schauen, kein Bewußtwerden zuläßt. Sie ist wie eine übermäßig aufgezogene Uhr. "Ich sollte eigentlich längst beim Zahnarzt sein, und wahrscheinlich hast du sowieso keine Zeit für mich. Attraktiv schaust du ja nicht gerade aus, hat dir wohl nicht gut getan, der Ausflug zur Sexhotline nach Düsseldorf."

Es hatte so kommen müssen, und ich hätte auch nicht erwarten dürfen, daß sie mich schön findet, nachdem ich mit einer anderen Frau geschlafen habe, noch dazu mit Kaye Norton. Und ich ärgere mich, daß ich gerade heute verschnupft bin und gerade heute noch keine Zeit hatte, mir die Augen zu schminken. Ich beobachte sie, wie sie an mir vorbei ins Zimmer stiebt und mir soviel Aufmerksamkeit zollt, wie man vielleicht für ein Haustier übrig hätte, oder für einen Fußabstreifer. Ich denke mir, ich sollte froh sein, mit ihr gebrochen zu haben, vor einigen Monaten. Jede Minute Aufschub wäre für mein Selbstwertgefühl verheerend gewesen. Sie fragt mich, ob sie schnell telefonieren kann. Sie eignet sich meinen Arbeitsplatz an, als wäre sie auf der Post oder eben in einem Hotel angekommen, und ich wäre die Schalterbeamtin oder der Portier. Natürlich lasse ich sie höflicherweise ans Telephon, ihr immer noch guttun wollend. Sie redet mit einer Frau, mit der gemeinsam sie ein Filmfestival organisiert, und ihre Worte zu der armen Mitarbeiterin klingen wie Peitschenhiebe, sind zwar nicht persönlich gegen sie gemeint, aber sie knallen. Sie sind so, als würde sie ständig auf einen unsichtbaren Gegner einschlagen wollen. Sie verwendet militärisch knappe Sätze. Sie ist ungeduldig, als wäre die ganze Welt außer ihr lasch und vertrottelt, zu wenig wert für ihre Aufmerksamkeit. Eine Hand in der Tasche der Bundfaltenhose ist sie ihre Befehle vertieft. Die Frau am anderen Ende der Leitung muß, wie sonst ich immer, erfahren, wie wenig zugewandt und verbindlich Felicitas sein kann. So kenne ich sie nun schon seit Jahren. Wie gehen die anderen damit um, ist sie zu allen so? Jeder Satz ist wie ein weiterer Sprung nach vorn, zu einer Flucht vor dem Unvermeidlichen, ist dazu da, keine Sekunde dieser Gegenwart, dieses Lebens an sich herankommen zu lassen, ist voller zynischer Ungeduld mit allen, mit mir, mit der Gesprächspartnerin in diesem Fall, mit der Existenz an sich.

Ich bin froh, denke ich, daß ich dieser Lebenshaltung entkommen bin. Sie schließt sich ja immer mehr ab. Unsere anschließenden Gespräche in der Kantine beschränken sich auf dahingefetzte Bemerkungen, die als Provokation kaum ausgesprochen, schon wieder verpufft sind. Ihre Stellungnahmen in Bezug auf Personen, mit denen sie zu tun hat, und Ereignisse, die ihr widerfahren sind, sind wuterfüllt, eine alte Wut, die nie Gelegenheit hatte, sich auszutoben. Auch ich finde keine Gnade vor ihren Augen, schon gar nicht meine neue Liebhaberin. Sie fragt mich, ob denn Kaye Norton überhaupt ihren eigenen Namen richtig buchstabieren könne, ob sie wenigstens den Mund gehalten hätte, vor und nach dem Sex.
"Sie ist doch halbe Engländerin und lebt schon so lange dort. Da ist es normal, daß sie ihr Deutsch verlernt", antworte ich. Sie aber hört gar nicht zu. Mein Schritt zur Kaye Norton wäre ohnehin wieder einer in Richtung Mann, denn jetzt hätte ich mir eine Frau mit Dildo geholt, dann würden für mich wieder Männer aktuell werden.
"Der Dildo ist nur ein Accessoire, sie ist sehr begabt", wage ich einzuwenden.

"Die ist nicht begabt, die hat es halt oft genug getrieben, in ihrem Leben, so wie du, da paßt ihr ohnehin gut zusammen."

"Sie hat engelgleiche Finger", sage ich.

"Schön für dich", antwortet sie, "muß sie wenigstens nicht immer mit der Zunge arbeiten. Das war ja schon sehr anstrengend mit dir".

*

Ich habe Kayes Briefe entdeckt, als ich um zwei Uhr nachts nach Haus kam, und las sie erst, als ich im Bett lag, warm, geschützt. Sie haben mich tief in der Seele getroffen. Als ich damit fertig war, war ich den Tränen nahe. Ich weiß nicht, was mich an ihnen so berührt hatte. Mit den wenigen deutschen Worten, die ihr zur Verfügung stehen, sprechen sie soviel von Einsamkeit und Sehnsucht, sie wagen sich zu dieser Tiefe vor, berühren sie fast, dann bricht das Bild wieder ab, weil es nicht möglich ist, auszusprechen, was uns beide verbindet. Sie schreibt, "die ganze Welt ist für uns", und ich möchte ihr so gern glauben und auf der Stelle meine Sachen packen und zu ihr fahren.

"Die Lichter der Stadt funkeln im Dunklen", setzt sie fort. Unbeholfen klingt das und trotzdem stelle ich mir vor, wie sie von ihrer Wohnung aus, von der Zinskaserne, in der sie ein winziges Zimmer gemietet hat, über die Dächer Londons schaut und an mich denkt. Sie schreibt, "Wien, die Stadt, die sich so weit von mir entfernt hatte, sehr lange keine Liebe, immer wieder hatte ich Angst, in diese Stadt zu kommen, Angst vor Einsamkeit, obwohl ich in London wirklicher einsam bin." Wie kann man "wirklicher" einsam sein, spottet mein Verstand, aber mein Gefühl sagt mir, daß ihre Ausdrucksfähigkeit woanders liegt, in ihrer Leidenschaft, in ihrer Kunst. Mir wird warm vor Mitgefühl, wenn ich daran denke, wie allein sie ist, und daß dieser Zustand nun durch mich ein Ende haben wird, denn sie wird nach Wien kommen, zuerst einmal für einige Wochen. Ich sollte mich selber warnen davor, es ist zu einfach, wenn jemand einsam ist.

In ihren Worten ist haltloses Begehren, stark, wild und unbedingt. Das hat nichts mit dem sanften, lieblichen oder kindlichen Auf-mich-zu-Gehen von Frauen zu tun, die ich bis jetzt gekannt habe.

Das Festival

Ich habe große Angst vor einer Kränkung, vor dem Ausgesetztsein in diesem Kino, in dem alles von Felicitas organisiert worden ist, von den Filmen angefangen, über die Preisverleihungen bis hin zum Buffet, und Gänge, Saal und Bar von ihren Bekannten besetzt und bevölkert sind. Ich bahne mir, begleitet von einer Freundin, einen Weg durch das Menschengewimmel und stehe plötzlich vor ihr, als sie die Treppe herunterkommt. Das Wiedersehen mit ihr tut noch mehr weh, als ich befürchtet habe. Sie begrüßt mich mit zwei betulichen Küssen auf die Wangen, tut so, als wäre sie Organisatorin nicht einer zweitägigen Kurzfilmreihe, sondern der Festspiele in Cannes. Perlen schüttelnd und wieder wegflitzend.
“Hast du Plätze für uns reserviert?” rufe ich ihr nach, will die Heitere spielen, aber meine Stimme ist zu aufgeregt. Schon wieder abgewandt schreit sie, ja, sie hätte für mich in der ersten Reihe zwei Plätze reserviert, und äfft dabei meinen hohen Tonfall nach.
Ich erlebe die Eröffnung also hautnah an ihr, der Saal ist zu klein für die Menschenmengen, die immer noch hereindrängen, viele sitzen schon am Boden. Dutzende befinden sich immer noch auf der Straße. Ich sitze in der ersten Reihe, dicht vor mir steht sie, um ihre Eröffnungsrede zu halten. Als sie zu sprechen beginnt, werde ich von einem wilden, nicht zu bremsenden Haß durchzogen. Ich kann diesen Haß nicht begründen, vielleicht, weil ich mich von ihr so oft mißachtet gefühlt habe, und sie nun trotzdem Erfolg hat. Weil wir so viel gestritten haben und nun getrennt sind, und sie trotz alledem mit einem glatten, gepflegten Gesicht da vorne steht, absorbiert von ihrer so erstklassig durchgezogenen Veranstaltung.
Sicher hat sie stundenlang an ihrer Garderobe herumgetüftelt und sich das eine oder andere Kleidungsstück

von ihrem schwulen Mitbewohner Sebastian ausgeliehen, vielleicht die zitronengelbe Schalkrawatte mit dunkelblauem Edelweißmuster. Felicitas trägt sie als Zitat, sagt sie, als Bruchstelle zu ihrer sonst schlichten, bewußt auf "understatement" ausgerichteten Kleidung. Ich unterstelle ihr aber, daß sie heimlich von dem snobistischen Gehabe Sebastians und seinem konventionellen Lebensstil angezogen wird.

Ihr Blick in das Publikum sagt: "Eigentlich habt ihr keine Ahnung von Kunst, was macht ihr hier also?" Sie huldigt zwar den von ihr eingeladenen Regisseurinnen, aber immer mit der unausgesprochenen Frage: "Und wer hofiert mich, die dies alles organisiert hat?"
Ich weiß, daß sie so denkt. Sie fühlt sich insgeheim übervorteilt, weil ihr die Vorbereitungen so viel Energie gekostet und so wenig Geld gebracht haben. Ich nehme ihre herablassende Haltung persönlich, bin stellvertretend für die anderen Anwesenden beleidigt, und als sich unsere Blicke kreuzen, schaue ich sie mitleidlos an.

Ich benehme mich flegelhaft. Ich lärme mit meiner Begleiterin. Die Dobisch, eine übergewichtige Börsenmaklerin, die bis über beide Ohren in Felicitas verknallt ist, sitzt hinter mir. Als ich in der Pause aufstehe, stelle ich mich absichtlich vor sie hin, mein Gürtelbund in ihrer Augenhöhe, und mache den Schlitz meiner Lederhose zu, den ich während des Filmes aus Bequemlichkeit geöffnet hatte. In ihrem Blick ist Erstaunen über meine Anwesenheit, aber auch das Bemühen, freundlich zu sein. Sie grüßt mich. Ich kann mir nicht vorstellen, daß sie meine Nachfolgerin bei Felicitas ist, daß die beiden ein Paar sind. Ihr Körper gleicht einem Tabakbeutel, denke ich eifersüchtig. Um ihre Hüften spannt sich etwas, das man in Wien gemeinhin als "Schoß" bezeichnet, ein Stoff unscheinbarer Farbe, der als Rockersatz sackartig bis unter die Knie geht. Unelegant sitzt sie da. Andererseits wäre sie gerade zur rechten Zeit aufgetaucht, um Felicitas aus unseren Beziehungskriegen herauszureißen. Ein breiter Rücken, an den diese sich anlehnen kann.

Im Foyer treffe ich Bekannte. Während ich mit ihnen rede, tue ich ungezwungen und stark, gleichzeitig bin ich voller Anspannung, wie auf dem Sprung, wie ein verfolgtes Tier. Sebastian ist, verspätet aber doch, auch gekommen. Da sich alle um das Buffet drängen, und der Raum um ihn herum fast leer ist, wirkt seine Anwesenheit noch mehr auf mich. Er redet mit der Dobisch, die also Familienanschluß bei Felicitas hat. Mit mir wechselte Sebastian in all den Jahren kein einziges nettes Wort, denke ich zornig. Da spielt er vor den anderen wieder einmal Felicitas' Liebhaber und betreibt *small talk* mit der nächsten, heimlichen Anwärterin auf ihr Bett. Als ob er der Nabel der Welt wäre. Mit einer Geste, als würde er seine Fingerchen aus einem, in der Luft vorbeiziehenden Spitzentaschentuch befreien wollen, führt er seine Zigarette an die Lippen, und kneift beim Inhalieren die Augen böse zusammen. Heute wieder Hugo Boss an seinem Leib, drei Nummern zu groß, damit ihm unter dem Sakko genug Platz bleibt, Unterhemden und Hemd in mehreren Schichten über den schwindsüchtigen Körper zu ziehen. Das gelbe Haar wird täglich mehrmals gewaschen.

Die Nähe Sebastians bedroht mich wie ein spitzes Metallstück im Raum. Ich fühle mich schwach und anfällig für Erinnerungen an alte Streite, die es zwischen mir und ihm gegeben hat, und die angeblich immer ich begonnen habe, grundlos, sagt Felicitas, "denn der hat doch nichts gegen dich, du bemühst dich nur nicht..."

Vielleicht habe ich ihn ja auch provoziert. Ich hielt mir täglich die Ohren zu, wenn er um halb sieben Uhr in der Früh in Felicitas‘ Zimmertür stand, unbeeindruckt von meiner Anwesenheit, und sie mit seinem gutturalen, Tiroler Gekeuchze, mit seinen "kchs" und "schts" aufweckte, um mit ihr dringende Haushaltsfragen zu erörtern, ob er heute zwei Kilo frische Frühlingserbsen einkaufen und dann gleich einfrieren solle, oder doch noch warten, bis der Preis um fünfzig Groschen fallen wird. "Aber billiger werden sie wahrscheinlich nicht und dann verlieren sie vielleicht die Farbe."

Nicht jeden Abend, den Felicitas bei mir verbrachte, rief er an. Nur, wenn er um Mitternacht den Gasanzünder nicht finden konnte, oder wenn die Fernsehantenne schief stand. Wenn er soeben mit seiner Mutter gesprochen hatte, und die würde Felicitas schön grüßen lassen. Dann schon. Manchmal log ich ihn auch an. Ich sagte, Felicitas wäre gar nicht hier, oder schon gegangen. Als sie mir draufkam, brach unser erster großer Streit aus. Sie stand bebend vor Wut an den Heizkörper gelehnt, und bei diesem Anblick braute sich in mir eine verrückte Verlustangst zusammen. Für Sebastian sei sie immer zu erreichen, Tag und Nacht, egal mit wem sie auch zusammen sei. Das solle ich mir merken.

Sebastian behandelte mich wie Luft, obwohl ich auf allen Postkarten unterschrieb, die Felicitas ihm schickte, und es waren nicht wenige. Wenn wir an einem Ausflugsort angekommen waren, suchten wir gleich die nächste Telephonkabine, damit er wußte, wo Felicitas sich aufhielt. Handys gab es ja noch keine. Er konnte sich wirklich nicht beschweren, außer daß wir zu lange wegblieben, wenn wir nach drei Tagen noch nicht vom Neusiedlersee zurück waren.

Er war sehr eng mit Felicitas. Sie kannten einander seit Jahren. So eine Inbrunst konnte ich nicht geduldig ertragen. Bei meinem ersten Besuch in ihrer gemeinsamen Wohnung hatte ich den Eindruck, für Felicitas plötzlich nicht mehr zu existieren, sobald wir eintraten. Kaum hatte sie den Schlüssel im Schloß umgedreht, pfiff er aus seinem Zimmer. Sie pfiff zurück. Dann murmelte sie eine verlegene Entschuldigung in meine Richtung und verschwand hinter seiner Tür. Ich wanderte mittlerweile unschlüssig im Vorraum auf und ab, spielte mit den Kugelschreibern, die neben dem Telephon lagen, schaute mir das Verzeichnis an, schaute in den Spiegel, ging aufs Klo. Nach einer Viertelstunde zirka rief sie mich hinein. In dem Zimmer spielte sich nichts ab, was solche Heimlichkeiten gerechtfertigt hätte. Da saß er in seinem Ohrenstuhl, im weinroten Brokatschlafrock und drehte und wendete verliebt eine Holzmadonna aus dem 17. Jahrhundert, die er soeben ersteigert hatte, in seinen Händen. Felicitas verlangte von mir, daß ich in Bewunderung ausbrach.

Die Abendessen, die er kochte, waren legendär. Und Felicitas lief den ganzen Tag herum, um orangefarbene, vietnamesische Pfefferkörner für die *Sauce Guillotine* zu finden, eine Sauce, die beim Schlucken zuerst einen gewissen Einengungseffekt in der Kehle verursachte, bevor sie sich prickelnd im ganzen Körper ausbreitete. Die Diners waren für die gemeinsamen Freunde von Felicitas und Sebastian gedacht, deshalb war ich nicht eingeladen. "Und du mußt ja auch nicht überall dabei sein." Ich revoltierte immer wieder, aber Felicitas fand meine Einwände lächerlich. Sie könne ihn nicht zwingen, für mich auch zu kochen. Wenn er nicht wolle, dann wolle er eben nicht. Ein einziges Mal war ich mit von der Partie, und leider, leider habe ich mich daneben benommen.

Und zwar schon bei der *Crème Veloutée Mimosa*, also gleich am Anfang. Ich war befangen, und aufgeregt, als Sebastian mit der Suppe kam, wollte einen Scherz machen, und sagte: "Na, ihr beiden seid ja wie ein altes Ehepaar." Totenstille plötzlich. Sebastian versteinerte, er setzte die Terrine ab und wackelte zuerst noch kurz mit dem Topflappen, dann verlangsamten sich seine Bewegungen und auf einmal lief er schluchzend aus dem Zimmer.
"Du bist so gemein", zischte Felicitas und lief ihm nach. Ich blieb mit einem flauen Gefühl im Magen zurück, die Kerzen flackerten hektisch in der Zugluft der offenen Tür, die Suppe dampfte und roch gut nach Kräutern, aber ich wagte nicht, einen Löffel davon zu nehmen. Ich saß still da und hörte dem Wecker beim Ticken zu. Nach einer Ewigkeit kam Felicitas zurück und sagte zu mir: "Ich glaube, es ist besser, wenn du jetzt gehst."

Über diesen Vorfall konnte ich mit Felicitas nie sprechen, sie rief am nächsten Tag an, und sagte: "Du hast Sebastian sehr verletzt und eigentlich verdienst du es gar nicht, aber ich bin halt wieder gut mit dir."

Ich hatte ihm und ihr gegenüber von nun an immer diffuse Schuldgefühle, als wäre etwas an meiner Anwesenheit falsch oder unpassend. Ich kam mir in dieser Wohnung linkisch vor, manchmal stolperte ich auch, oder etwas Zerbrechliches fiel mir herunter. Dabei hatte es zu Beginn unserer Liebe auch schöne Zeiten dort gegeben. Felicitas und ich verbrachten einmal einen ganzen, heißen Sommertag damit, in der dunklen Küche zu frühstücken und einander zu küssen. Zeit spielte damals überhaupt keine Rolle.
Aber die Vorkommnisse, die mich verunsicherten, waren zahlreicher. Als wir eines Nachts nach Hause kamen, hin-

gen zwei Lodenmäntel mehr in der Garderobe, und in der Küche stand eine knallrote Erdbeertorte, daneben waren vier Meißner Porzellantassen für das Frühstück vorbereitet.
"Psst, leise sein. Bastis Schwester und sein Schwager, der Staatsanwalt, sind zu Besuch. Sie schlafen sicher schon."
Wir tappten vorsichtig in Felicitas' Zimmer. Am nächsten Morgen wurde ich durch Stimmengewirr im Nebenraum geweckt. Felicitas stand schnell auf, zog sich fix und fertig an, dann kam sie zum Bett zurück und flüsterte: "Warte lieber noch eine halbe Stunde hier, bis sie weg sind."
"Und du?"
"Ich geh' zu ihnen raus, frühstücken, ich hab' sie so lange nicht gesehen."
"Und ich soll hier im Zimmer bleiben?" begehrte ich auf. "Bist du verrückt geworden?"
Sie aber, ärgerlich: "Jetzt stell dich nicht so an. Verhalt dich wenigstens einmal so, wie man es von dir verlangt."
Und dann war sie weg. Ich blieb allein zurück und lauschte auf die Stimmen und das Lachen und das Klingen der Porzellantassen. Zuerst fühlte ich gar nichts, nur Unruhe und Unzufriedenheit. Dann kroch langsam blinde Wut in mir hoch. Dort draußen sitzt sie, dachte ich, die Frau, die ich über alles liebe, und versteckt mich, wie man früher ein uneheliches Kind versteckt hat. Sie verbietet mir sogar, hinauszugehen. Je länger ich so lag, umso kleiner und verlassener kam ich mir vor. Ich hatte Angst, alles falsch zu machen. Es war falsch, hier liegen zu bleiben, weil ich mich nur kränkte, und es war falsch, hinauszugehen, da Felicitas es mir ja untersagt hatte. Dann wurde der Kaffeegeruch immer aufdringlicher und zog sich durch die Türritzen bis zu meinem Bett. Den "Ahs" und "Ohs" zufolge, die jetzt laut wurden, schnitt Sebastian gerade die Erdbeertorte an, und da hielt ich es

nicht mehr aus. Ich stand auf, zog mich an, packte meinen Rucksack, öffnete die Tür und ging, ohne die Runde auch nur anzusehen, an ihnen vorbei zur Wohnung hinaus. Dieser Moment war mir peinlich, es war so, als ob mich jemand anspucken würde, als wäre ich aussätzig. Später sagte Felicitas, sie wäre über mein Verhalten entsetzt gewesen. Noch nie, sagte sie, wäre jemand so unsensibel zu ihr gewesen wie ich.

Den schlimmsten *Fauxpas* beging ich, als ich ihren gemeinsamen Schiurlaub mit Basti in Frage stellte. Eines Tages sagte Felicitas, daß sie demnächst eine Woche mit ihm schifahren werde. Wie jedes Jahr. In mir tat sich ein schwarzer Abgrund auf, ich dachte, ich würde ohnmächtig werden. Als ich mir vorstellte, daß die beiden seiner vornehmen Tiroler Verwandtschaft das perfekte Liebespaar vorspielten, und von den Tanten, Großeltern und natürlich von seinem tortenessenden Schwager eingeladen wurden, als wären sie miteinander verlobt, wurde ich schier zerfressen von meiner Eifersucht. Es war, als ob ich durch diese Reise ausgelöscht werden würde. Dabei hatte dieser Urlaub ja nichts mit mir zu tun.

Ich kann nicht sagen, was mich so tief traf. Vielleicht hatte ich es satt, daß Felicitas ohnehin alle Feiertage - und in Österreich belaufen sich allein die religiösen auf einundzwanzig im Jahr - an seinem Tisch saß und die Tage davor und danach mit Einkaufen und Wegräumen verbrachte. Dazwischen gab es Ribiselpflücktage und Marilleneinkochwochenenden. Vielleicht wollte ich Felicitas' einzige Reisegefährtin sein, auf den Reisen gehörte sie ja ganz mir und unsere Innigkeit war ohnegleichen. Sebastian von mir aus für den Alltag, ich aber für den Spaß und die Ferien, dachte ich. Jetzt wurde sogar diese Rollenverteilung über den Haufen geworfen.

Ich flehte Felicitas an, nicht mehr mit ihm nach Tirol zu fahren, dieses Geheuchel wäre ihrer nicht würdig.
"Was können dir fünf Tage anhaben, ich schlaf' doch nicht mit ihm", wiederholte sie immer wieder. Ich schrie, daß dieser, als Hausdrache und Ziehmutter fungierende Sebastian ihr Untergang wäre, weil sie dadurch unfähig wäre, eine richtige Beziehung einzugehen.
"Dann bleib doch bei seinem täglich zweimal frisch gekochten, biologisch lupenreinen Essen nach Kochbuch. Steck sie dir hinten rein, seine Silbergabeln, wickel dich in seine Damasttischtücher, daß du keine Luft zum Atmen mehr kriegst, und verbarrikadier dich mit den alten, wurmstichigen Möbeln, die er täglich herankarrt vor mir. Versteck dich doch für immer und ewig hinter dem Rockzipf dieses langweiligen, anämischen Menschen, mit seinem juridischen Kauderwelsch und seinen parfümierten Socken. Eine Frau aus Fleisch und Blut will sich das doch mit dir nicht mehr antun."

Felicitas reagierte ärgerlich, aufbegehrend, verstockt, dann wieder traurig, aber an ihrem Entschluß änderte sie nichts. Am Abend vor ihrer Abreise war ich wie von Sinnen. Ich stürmte zu Sebastians Zimmer und wollte ihn zur Rede stellen. Aber weshalb? Und mit welchem Recht auch? Felicitas lief hinter mir her, beschwor mich, dies nicht zu tun. Sie wußte selber nicht mehr ein und aus, wollte mich auf einmal nicht mehr maßregeln, sondern hatte Angst, es könnte etwas Schreckliches passieren. Ich riß die Tür auf und wollte ihm an die Gurgel, aber Felicitas hielt mich mit aller Kraft zurück. "Bitte nicht", "Bitte nicht", rief sie in einem fort und stemmte sich gegen mich. Sebastian saß mit einem, mir unbekannten, pickeligen Menschen vor dem Fernsehapparat und tat unbeteiligt. Er schaute nicht einmal zu mir hin, als er sagte: "Die Beziehung zwischen Felicitas und mir wirst du nie zerstören können."

Dabei hob er nur leicht die Hand von der Schulter seines Freundes. Und das war es. Ich riß mich von Felicitas los und fegte seine Riedelgläser von der Anrichte. Er sprang mit einem Schrei auf und stürzte auf mich. Bevor ich mich an die Biedermeiervasen halten konnte, wurde ich von Felicitas aus dem Zimmer geschoben. Mit ihrem Körper schützte sie mich vor seinen Angriffen. Sein Bekannter hielt ihn wimmernd zurück. Ich rannte die Treppen hinunter und rief, ich würde nie mehr zurückkommen. Felicitas hielt mich weiter fest umklammert, Ich nahm zwei Stufen auf einmal, sie aber wich nicht von meiner Seite. Sie war völlig verstört, aber in Punkto Sebastian und Reise schien es, als würde sie unter dem Einfluß einer fremden Macht stehen. Sie flehte, ich solle jetzt ja nicht gehen und schon gar nicht in diesem Zustand. Sie würde mich jetzt nicht weglassen, so dürfe ich nicht auf die dunkle Straße. Ich aber stieß sie zurück und ging. Auf dem Heimweg weinte ich bitterlich. Ich glaube, so wie noch nie in meinem Leben.

Felicitas rief von ihrer Reise täglich an, und versicherte mir, wie sehr ich ihr abginge, zwischen ihr und Sebastian wäre dicke Luft, sie hätten sich gar nichts zu sagen, und vielleicht wäre das die letzte gemeinsame Reise gewesen, und sie wolle mich sofort nach ihrer Rückkehr sehen. Ich aber war stur und setzte alles daran, gerade dann nicht in Wien zu sein, und so ging der Kampf weiter. Wir sahen einander drei Wochen lang nicht mehr, was einem Fegefeuer von ein paar hundert Jahren gleichkam, bis sie eines Tages, als ich schon glaubte, mich an eine Felicitas-lose Zeit gewöhnen zu können, mit Blumen vor meiner Tür stand und, kaum hatte ich sie eingelassen, sofort wieder alles an mir bewunderte, meinen Haarschnitt, das süße T-Shirt, meine sonnengebräunte Haut. Unsere Beziehung schien komplettes Neuland zu sein, wie frisch gefallener Schnee, in dem man die ersten Spuren zieht. Ich war immer noch sehr gekränkt, und kaum waren die Worte "Sebastian" und "Tirol" gefallen, legte ich wieder los. Sie nahm mich verzweifelt in ihre Arme und fing zu weinen an, und dann hatten wir den schönsten Sex aller Zeiten miteinander, man frage mich nicht, wie. Ich kann mich nur mehr an die Tränen in ihren gebirgsseegrünen Augen erinnern, durch die hindurch die Iris in noch mehr Lichtbrechungen als sonst funkelte.

Aber diese Tirolgeschichte hat einen Riß hinterlassen. Ich hatte gehofft, daß Felicitas auch von mir ein bißchen abhängig werden würde, weil sie mit mir aus ihrer selbstgebastelten Scheinehe ausbrechen könnte, ohne diese wirklich zu gefährden. Ich als ihr Lustprinzip. Ich siedelte mich in Gedanken am Gegenpol dieser trauten Welt an, bin aber zu kurz gekommen. Sie hat in den letzten Monaten Sex und Gefühle zu mir gedrosselt, vielleicht, weil sie das Werben der Dobisch schon längst erhört hat. Außer Zweifel steht jedoch, daß sie niemals daran denken wird, aus dieser Wohnung auszuziehen, daß die Wohngemeinschaft Sebastian-Felicitas all ihre Liebesgeschichten überleben wird.

Ich beobachte Sebastian und Dobisch im Gespräch. Sie wirken vertraut miteinander. Sebastian lacht gerade auf und legt dabei sein Handgelenk, auf dessen blütenweißer Manschette ein winziger Diamant aufblitzt, leicht auf die fleischgepolsterte Schulterkugel der Dobisch. Jetzt gesellt sich Felicitas zu ihnen. Ich träume, daß ich zu ihr hingehe, sie um die Taille nehme und sie auf den Mund küsse. *Coram publico* besitzergreifend bin. Felicitas würde nicht wagen, sich zu wehren, aus Angst vor einem Skandal in dieser öffentlichen Position, sie würde höchstens verlegen werden. Es würde genügen, daß die anderen meine

Hände um ihre Taille sehen. Die Dobisch enttäuscht, Sebastian mit jenem ausgeklinkten Blick, mit dem er uns schon einmal, als er uns eng tanzen sah, anschaute, damals im letzten Sommer:

Ein milder Abend. Felicitas und ich haben wieder einmal miteinander gestritten. Sie ruft mich mehrmals an, um den Abend doch noch mit mir, ganz egal wo, zu verbringen. Aber ich bleibe hart, und gehe allein zu einem Fest in einem Altwiener Gartenpavillon. Ganz Wien trifft sich hier, all jene, mit denen wir beruflich zu tun haben, KünstlerInnen. Schon im Foyer unter den immer neu hereindrängenden Menschenmassen entdecke ich Felicitas, wie sie neben Sebastian in einer Schlange vor der Garderobe wartet. Sie ist also ohne mich auf dieses Fest gegangen, hat unseren Streit und meine Gekränktheit so wenig ernst genommen, daß sie sich nichts Besseres weiß, als mit Sebastian hier aufzutauchen, geschminkt, gefönt, in leuchtend schwarzen und roten Samt gekleidet, und Sebastian wie immer im rechten Moment zur Stelle, um durch seine bloße Anwesenheit einen weiteren Keil zwischen uns zu treiben, um sie davon abzuhalten, über uns nachzudenken.

Die beiden, die darauf warten, ihre Mäntel abzugeben, reden nicht einmal miteinander. Felicitas hat es mit ihm natürlich nicht so lustig wie mit mir, aber eine heimliche Komplizität scheint ihre Gesten gleichzuschalten. Wie Zwillinge bewegen sie ihre Körper, einer unbewußt der Schatten des anderen. Eine Einigkeit, die ich nie sprengen würde können, gegen die ich anrenne, und die in meinen Phantasien böse wuchert.

Ich bringe es nicht über mich, hinzugehen und beide zu begrüßen. Ich koche vor Wut und gekränktem Stolz und beginne, dies zu genießen. Ich gehe in den Saal voraus. Die Gäste drängen sich in Scharen durch die Arkadengänge um die Tanzfläche herum. Die Musik spielt, doch niemand tanzt. Bunte Scheinwerfer sind auf das leere Parkett gerichtet. Ich weiß, daß Felicitas und Sebastian nur durch ein paar Besucher getrennt dicht hinter mir sind, und einer plötzlichen Eingebung folgend schiebe ich die Leute beiseite, gehe zielstrebig auf die Tanzfläche und fange zu tanzen an. Ich trage Shorts, die über und über mit silbernen Pailletten bestickt sind. Der schwere Stoff klebt an meinem Hintern und an den Oberschenkeln und gibt mir das Gefühl, breitbeinig Macht entfalten zu können. Die Pailletten blitzen bei jeder Bewegung auf. Die Spots blenden mich und so sehe ich um mich herum nur die von Zigarettenqualm gedämpfte Schwärze des Raumes, die leere Tanzfläche und schemenhafte Gestalten an deren Rand. Felicitas betritt sicher in diesen Sekunden den Saal, hört die gute Musik, und sieht eine einzige Gestalt mitten auf der Fläche in ekstatischen Drehungen, selbstgenügsam tanzen: mich.

Und dieser Gedanke beflügelt mich so, daß ich glaube, zu schweben und die ganze leere Fläche auf einmal einzunehmen. In meiner Aufregung würde ich sicher zu zittern anfangen, wenn die harten Rhythmen mich nicht zu ausschweifenden Drehungen und mutwilligen Beckenschüben veranlaßten. Ich habe lange Minuten für mich allein. In denen sind die Blicke aller Menschen in diesem Saal auf mich gerichtet, aber die sind nur Kulisse, denn es geht einzig und allein um sie, Felicitas, darum, daß sie mit der blaßgesichtigen Made Sebastian das Gebäude betreten hat und mich hier wie einen Schmetterling silbrig leuchtend tanzen sieht, und dasselbe Gefühl der Einsamkeit und des unerfüllten Verlangens in sich verspürt, wie ich jedesmal bei ihrem Anblick.

Nach und nach füllt sich das Parkett, und ich werde von der anonymen Masse verschluckt. Als ich mir eine Pause gönne und an den Rand trete, werde ich an der Schulter gepackt. Sie steht vor mir, verunsichert und mit einem Gesichtsausdruck, der bedeutet, daß sie sich von mir betrogen fühlt und nicht genau weiß, warum. Ich schwanke zwischen Scham und Genugtuung bei dem Gedanken an die Show, die ich vor ihr abgezogen habe.

Wir sind beide so verlegen, daß wir kein Wort herausbringen. Die einzige Form der Versöhnung besteht darin, entgegen allen guten Vorsätzen die Berührung der andern zuzulassen, einander beim Tanzen zu umarmen, Küsse und Liebkosungen zu erdulden, als wären sie nicht zu verhindern, insgeheim aber mehr und mehr davon zu wollen, weil gerade diese Zärtlichkeiten in Zeiten eines Streits verboten sind.
"Du bist immer so böse zu mir."
"Und du erst."
"Schaust aber toll aus."
"Kann man von dir auch sagen."
Für unsere Umgebung sind wir verloren. Wir haben uns tagelang nicht gesehen, jetzt scheint es, als hätte das Wasser eines Flusses unseren Streit weggewaschen. Wir tanzen eng umschlungen, Sebastian steht am Rand der Tanzfläche und sein Blick ist starr, als würde er etwas wollen, was er vor sich nie zugeben würde.

Felicitas' schwarzes Samtjäckchen, ihre rote Kapuze verstärken die Vorstellung, daß ich es mit einer verlorengegangenen Prinzessin zu tun habe, die reich und arm zugleich ist, bemitleidens- und begehrenswert in einem. Ich kidnappe sie. Im Auto überfalle ich sie mit Liebesbezeugungen, und als sie nachgiebig, verwirrt und weich wird, widerstandslos, sozusagen, nehme ich sie zu mir mit. Sie hat mich nach langen Auseinandersetzungen wieder soweit, daß ich auf Rechthabereien verzichte und die *femme fatale* spiele, in deren Gegenwart sie sich verlieren kann, die sie ins Auto packt, mitnimmt und erst nach einer leidenschaftlichen Liebesnacht wieder zu Atem kommen läßt. Die Stimmung der Kindesentführung provoziert sie auch noch. Mit hilfloser Stimme fragt sie die ganze Heimfahrt über, was wohl Sebastian dazu sagen würde, wenn er wüßte, was hier mit ihr alles geschähe.

Die Pause ist längst vorbei, die Filme laufen wieder, ich erwache langsam aus meinen Träumereien, ich befinde mich im Foyer vor der geschlossenen Saaltür. Da öffnet sich diese einen Spalt und Felicitas steht vor mir. Sie fragt mich leise, ob ich beim nächsten Film auch dabei sein will. Ihre flüsternde Stimme ist so lieb, so fürsorglich, daß ich sofort hineingehe. Sie sagt: "Dein Platz ist ohnehin noch frei", und ich glaube, das heißt, "bleib ja hier, ich hab' ihn für dich freigehalten."

Am zweiten Abend des Festivals ist meine Anspannung etwas gewichen. Wir sind heute im größten, prunkvollsten Saal des Kinos untergebracht und versinken in tiefen, roten Samtfauteuils. In der Pause stehen wir in Grüppchen zusammen und scherzen. Die Dobisch ist auch heute wieder da.
Felicitas wirkt geschlaucht und sitzt während der Vorführungen zusammengekrümmt auf einer Stufe an der Seite des Saales. "Sie ist erschöpft, die Kleine", sagen meine Freundinnen, und diese Bemerkung macht mich traurig. Es ist, als ob Felicitas mit ihrer Müdigkeit ihnen gehören würde. Ich darf ja gar keinen Anteil mehr nehmen an ihr, besser, eine solche Schwäche gar nicht zu bemerken. Aber plötzlich mache ich etwas, das ich nicht

geplant habe, ich gehe wie in Trance durch den dunklen Saal schnurstracks auf sie zu, setze mich neben sie auf die Stufe, und lege den Arm um sie.
"Bist du müde?" frage ich.
"Ja", sagt sie mit Kinderstimme. Sie schaut mich nicht an, nur auf die Leinwand. Sie lehnt sich nicht an meine Schulter, sitzt nur steif da, als wäre ich gar nicht anwesend, aber sie weicht auch nicht weg. Ich streichle mit der Hand immer wieder über ihren Oberarm. Sie macht keinen Muckser, aber sie wird auch kein bißchen weich. Als der Film vorbei ist, steht sie auf, um den nächsten anzukündigen, und ich weiß nicht, ob ich nicht lieber doch wieder auf meinen Platz zurück gehen soll. Dann kommt sie wieder her und setzt sich neben mich, aber ich bin nun zu stolz, sie noch einmal zu berühren. Ich flüstere ihr zu, daß die Filmauswahl super wäre. Und sie sagt: "Ja, aber niemand hat sich öffentlich bei mir bedankt, daß ich das alles organisiert habe." So gehe ich zu einer der Preisträgerinnen des Festivals und fordere sie auf, vor dem Publikum doch auch die Organisatorin zu loben. Felicitas bekommt Applaus.
Warum ich das gemacht habe, weiß ich nicht, wo ich sie doch gar nicht mehr mag und gestern noch inbrünstig gehaßt habe. Viele ähnliche Situationen hat es bis jetzt schon zwischen uns gegeben. Nur glaube ich, mich heute leichter von ihr losreißen und einfach gehen zu können. Außerdem zieht sie mir ja eine andere vor, und mir bleibt nur die Rolle derer übrig, die von ihr heimlich verehrt wird. Vielleicht liebt sie mich ja noch auf ihre verkorkste, verworrene, verknäulte Weise, aber das fällt mir nicht einmal auf. Und sie sagt es auch nicht mehr.

Die Ankommende

Der Zug aus Ostende ist mit zehnminütiger Verspätung in Wien West eingefahren und die im Bahnhof wartenden Menschengruppen setzen sich in Bewegung. Ich mitten unter ihnen, haste vorwärts, mit offenem Mantel, schnell, schnell. Die kalte Luft weht mir zwischen die Beine. Ich halte Ausschau nach ihr und bei jedem Frauenkopf mit kurzen, rötlichen Haaren zucke ich zusammen. In Bruchteilen von Sekunden stelle ich mir bei biederen Frauen, deren Körper unmäßig in die Breite gegangen sind und die toupierte Haare haben, vor, daß sie das ist, und bin von vorneherein voller Ekel und Abwehr. Was ist, wenn sie jetzt, Monate nach unserem letzten Treffen so aussieht? Widerwärtig. Was ist, wenn sie in Winterkleidung nicht mehr meinem ästhetischen Empfinden entspricht, wenn sie nicht schnittig, sondern schwerfällig ist, in einen dicken Mantel gehüllt? Ich bin aufgeregt, sie ist nicht zu sehen, unter all den Reisenden. Wo ist sie, ich bin schon fast am Ende des Bahnsteiges, oder etwa nicht? Da sehe ich in der Ferne ihr Gesicht, vielmehr sehe ich zuerst ihre Augen, die stahlblau bis zu mir hin leuchten, von einer Seite des Kais bis zur anderen, in einem kleinen, herzförmigen Gesicht, das von brandroten Haaren umrahmt ist. Der Schnitt diesmal etwas verwegen. Sie fallen auf einer Seite glatt bis zum Ohrenansatz und sind dort in einem dicken Büschel abgeschnitten. Mein Herz hüpft, denn natürlich ist sie nicht häßlich und übergewichtig geworden, sondern so zart und begehrenswert wie eh und je. Keine überflüssigen Formen, schon gar nicht ufern Stoffe aus, auch nicht die Farben. Ich fange zu laufen an, sie sieht mich nicht, sie ist dabei, einen Gepäckwagen aus der Reihe zu zerren. Da stehe ich vor ihr.
Ihre Lederjacke ist kurz und aus bockigem Leder, mit großen Silberknöpfen, scheint viel auszuhalten, ein histo-

risches Einzelstück sicher, sie hat sich also gut für den Winter vorbereitet.

Sie legt die Hände auf meine Schultern und schaut mich ernst an. Bevor wir losgehen, umarmen wir einander. Ich bin trotz vorhergegangener Skepsis jetzt weich, ja sogar etwas verlegen, sehr froh, daß sie da ist, egal, was aus diesem Aufenthalt wird. Unser Zusammenkommen scheint leicht und problemlos zu sein. Mein Herz zittert nicht. Ich werde nicht in Frage gestellt, wie bei Felicitas. Ich brauche keine Angst zu haben, verletzt zu werden, wenn ich zuviel Liebe zeige. Sie holt sich einen weiteren Koffer ab, den sie per Bahnexpress aufgegeben hat. Ich soll im Auto bleiben, während sie ihn von der Gepäckaufbewahrung holt. Ich halte es aber nicht aus und gehe ihr nach. Es ist eine Freude, sie vor dem Schalter warten zu sehen. Mit dem aufgestellten Kragen und einem schwarzen Schal im Halsausschnitt könnte sie eine der Heldinnen aus alten Fliegerfilmen sein.

Wir verladen das Gepäck und steigen ein. Ich verkrieche mich in ihrer Umarmung. In dem kleinen Auto kommt sie mir übermächtig vor, strahlt Mütterliches aus. Ich jetzt an ihrer Brust, in ihrer Armbeuge, das Leder an den Wangen, Auflösungswünsche, Beben in mir, zu ihren Wangen hinfahren, gleich wieder wegweichen, damit der Eindruck seine Intensität behält. Sie überfällt mich mit Küssen, auch untypisch für sie, sofort den Kontakt mit den Schleimhäuten, mit dem ganz Inneren zu suchen. Sonst ist sie immer auf Distanz, lutscht höchstens schnell hinein, dann wieder weg. Jetzt dreht sich die Zunge lange und wild in meinem Mund, und die Hand umfaßt meinen Schenkel, schließt sich sicher und ruhig um seine Rundung.

Ich knöpfe ihre Jacke auf, weil ich auf den Anblick ihres Ausschnittes scharf bin, in dem zwei Schichten schwarzer T-Shirts zu sehen sind, und der so eminent sexuell ist, verbraucht, aber verrucht gut. Ich fahre hinein und habe ihre Brust in der Hand, die schwer herunterhängt und mich antörnt, weil es ihre ist, und mit ihr zu tun hat. Die Geilheit, die mich erfaßt ist keine heftige, mit einem Akt verknüpfte, kein zielgerichtetes Verlangen, sondern fühlt sich an wie eine vor Durst ausgetrocknete Kehle.

Sie ist zärtlich. Aus ihr spricht von nun an jeden Tag Liebe, wenn sie mich hält oder neben mir liegt. Wenn wir aneinander ankommen und sie mich streichelt. Das ist es, was mich tatsächlich für sie einnimmt.

Wir betreten meine Wohnung. Ich halte sie um die Schultern, als ich sie durch die Zimmer führe, und wir Erinnerungen austauschen, über die ersten Liebesstunden, die wir hier verbracht haben, an einem der heißesten Tage dieses Jahres.

Ich richte Brot, Schinken, Pastete. Das Essen soll schnell gehen, damit wir auch das hinter uns haben, denn wir fallen einander immer wieder in die Arme. Es macht mich taumelig, wie sie meine Brüste durch das Gewand hindurch streichelt, nimmt, ins Volle greift, sie hochschiebt, knetet, die Warzen mit den Fingerkuppen niederdrückt.

Wenig Worte werden gewechselt. Mit Felicitas hätte ein Wiedersehen aus einem Hin und Her von Erzählungen bestanden. Ich weiß nicht, ob mir das Schweigen mit Kaye recht ist. Wie ein Vakuum ist es, obwohl ich froh sein könnte, denn in dieser Stille liegt auch unser gutes Einvernehmen, eine Abwesenheit von aggressiver, mißtrauischer Spannung, die viele Treffen zwischen mir und Felicitas begleitet hatte, Angst, der anderen nicht genug zu bieten, auf der Hut sein vor Vorwürfen und Kritik, vor Hast, vor ungeduldigen Bemerkungen. Das mögliche Scheitern einer Handlung wurde in Worten immer schon vorweggenommen.

Ich habe keinen Appetit. Ich lehne mich zurück, verschränke die Hände hinter dem Kopf und schaue Kaye an. Die Short habe ich ausgezogen. Sie beginnt, in ihrer gewohnten, nachdenklichen Langsamkeit über meinen

Körper zu streichen. Ich beobachte sie, wie sie meinen Körper anschaut, den sie zärtlich berührt, ernst, zeremoniös, fast verlegen von seiner Attraktivität, wie gebannt von ihm. Ich liege bald auf dem Rücken, die Beine geöffnet. Sie liebkost durch die dünne Strumpfhose hindurch meine Schamlippen. Ihre beiden Daumen glätten und erregen sie mit sanftem Druck und versetzen mich in einen Zustand großen Behagens.

Wir versuchen dazwischen immer wieder, weiterzuessen.

Sie hat mir die Strumpfhose ausgezogen, nimmt mich auf ihren Schoß.

“Komm, setz dich auf mich, das wolltest du doch schon längst.”

“Nein”, seufze ich leise, als würde ich es widerwillig tun.

Sie schaut auf meine Schamlippen, die aufgespreizt auf dem Leder der Hose liegen und die sie jetzt wieder streichelt.

“Du machst meinen Schenkel ganz naß. Schau.”

Auf dem Leder hat meine Möse eine feuchte Spur hinterlassen.

“Ich hoffe, das läßt sich reinigen”, sage ich mit einer, von Gier erstickten Stimme. Sie faßt mich am Hintern und schiebt mich an ihrem Schenkel hin und her.

“Das ist das Tolle am Leder, daß es sich leicht reinigen läßt”, flüstert sie und rollt sich mit mir auf das Bett. Geschmeidig legt sich das Leder an meine Haut, zuerst kalt nimmt es meine Temperatur an, scheint sich um mich zu schließen, zieht meine Körperhaare an sich, die sich wohlig aufstellen, kalt, heiß, kalt, heiß, bei jeder Bewegung aufs neue. Ich rutsche an der dunklen Glätte entlang, kurz davor, in meinem Höhepunkt zu zerfließen. Da steht sie auf und holt den Schwanz.

“Nein”, sollte ich rufen, “bleib doch.”

Sie hätte innegehalten, sie will sowieso nur das tun, was meine Lust steigert, ich brauchte nur Anweisungen zu geben. Aber ich bleibe stumm, und sie kommt mit dem

Schwanz zurück, den sie, in ein graues Handtuch eingewickelt hat. Sie lacht bei diesem Anblick entschuldigend. Ein Stilbruch, denke ich entsetzt, diese dicke Nudel, die sie aus dem verwaschenen Frottee auswickelt, in ihren Slip steckt und damit wieder zu mir kommt.

Vielleicht ist das Spiel ja weiterhin geil, hoffe ich. Sie fickt damit besser als Männer mit einem echten Schwanz. Ich mag ihren schmalen Körper auf mir, wenn er sich austobt, wie der eines Strichjungen.

"Fick mich", sage ich in vorauseilendem Gehorsam und in der Annahme, dies wäre unvermeidlich. Sie macht es, sie rollt ein Kondom über den Schwanz, und drückt das Gleitgel darauf aus, sie schmiert mir das Gel in die Möse und dringt in mich ein.

Sie federt auf und nieder, und auf einmal ist es für mich vorbei. Kein einziger Funke Erregung ist geblieben. Der Gedanke, daß sie jetzt noch geraume Zeit herumficken wird, weil sie mindestens zweimal kommen will, macht mich absolut kalt und gefühllos. Ich will nichts mehr von ihr.

"Ich spüre dich nicht", stoße ich hervor. Sie hält inne und schaut mich befremdet an. Ich mache ein um Entschuldigung heischendes Gesicht.

"Was spürst du nicht. Mich oder den Schwanz?"

"Ich bin nicht mehr erregt", sage ich, und für mich ist es, als würde ich damit alles zerstören. Ich versetze mich in sie hinein. Da lehne ich ihre Sexualität ab, weil ich nicht so bin, wie sie es sich vorgestellt hat: umfassend sexuell, für alles, was sie will, zu haben. Schon bei ihrem Schwanz versage ich.

"Dann kommt er eben weg", sagt sie resigniert. Als sie ihn aus der Hose nimmt, schaut es aus, als würde sie sich einer Prothese entledigen.

"Was hat dich denn wirklich gestört?"

"Ich hätte es lieber mit dem Mund gehabt", sage ich trotzig.

"Warum hast du nichts gesagt?"
"Weil du gleich mit dem Schwanz dahergekommen bist."
"Das heißt ja nicht, daß ich dich damit ficken muß, ich könnte ihn ja auch nur an dir reiben."
Sie schaut ihn bedauernd an, wie er auf der Daunendecke liegt, leicht gekrümmt und schlatzig.
"Es ist mir halt zu schnell gegangen."

Die Töne der schönen Schmusemusik, die sie mitgebracht hat, blubbern im Nebenzimmer weiter vor sich hin. Vergeudet.
Wir geben nicht auf. Sie leckt mich, und ich könnte zufrieden sein, statt dessen komme ich nicht mehr in Fahrt, trotz ihrer Feinfühligkeit, ihrer zurückhaltenden Gegenwart, die nicht anstrengend, nicht fordernd ist, trotz meiner wochenlangen sexuellen Abstinenz. Ihr saugender, kosender Mund ist unendlich fern. Meine Hände wollen sie halten und erreichen sie nicht. Ich will sie gleichzeitig an meinem ganzen Körper und an meiner Klitoris haben. Da beides nicht geht, kralle ich mich mit den Fingerspitzen an ihren Haaren fest, und löse mich endlich in einem schwer erkämpften Orgasmus auf.
Sie läßt mir keine Pause zum Verschnaufen.
"Komm, nimm ihn in den Mund", murmelt sie schmeichelnd in mein Ohr. "Du weißt, ich mag das so."
Sie tastet nach dem Schwanz und legt ihn sich wieder an.
Es dauert lange. Sie keucht und arbeitet daran. Ihr Gesicht mag ich, wenn sie dem Höhepunkt nachhastet, wenn die Ringe unter ihren Augen durch die verwischte Schminke dunkler werden und die Falten sich wie Runen stärker in die Wangen graben, wenn sie im Orgasmus zuckend in die Kissen fällt und an denen entlangrobbt, der schmale Körper in ihnen verzweifelt klein und unscheinbar vergraben liegen bleibt, und ich glaube, sie hegen zu müssen.

Der Lackmantel

Felicitas wird, wie immer zu spät, zu meinem Vortrag kommen, und, vermute ich, früher gehen. So wird sie auch den neuen Lackmantel, der steif um mich absteht und mich einhüllt wie Zellophanpapier eine teure Blume, nicht sehen. Leider. Ich zupfe im voraus gekränkt an meinem Kragen herum, als ich die Treppen des Gründerzeithauses hinaufgehe.

Sie ist nicht zu entdecken, als ich den Saal betrete. Von meinen Freundinnen und Bekannten ist keine gekommen. Ich habe ihnen nicht davon erzählt, wie immer unschlüssig, ob ich mich ihnen damit nicht zu sehr aufdränge. Jetzt, an Ort und Stelle wäre ich froh darüber, sie dabei zu haben. Ich kenne hier niemanden. Das Publikum ist gehobene Mittelschicht, also sperrig konservativ. Die Veranstalterin das typische Exemplar einer wohlhabenden Industriellengattin. Sie hat ein gegerbtes, ausgeprägtes, solariumgebräuntes Gesicht und markante Lippen. Die blondgefärbten Haare sind mit einer Spange zurückgehalten, wie ich sie als junges Mädchen trug, als ich meine Haartracht noch nicht selber bestimmen konnte. Sie trägt einen dunkelblauen Faltenrock und Ballerinaschuhe. Zuvorkommend begrüßt sie mich und sagt, sie sei froh, daß ich gekommen wäre, man müsse die Frauen aus ihrer Lethargie holen. Sie hätte auch meine anderen Arbeiten zu dem Thema "Sexismus" gelesen. In bezug auf das Verhalten der Männer hätte sie ein richtiges *déjà vu* gehabt. Ich lächle und höre nur mit halbem Ohr zu, vor Aufregung habe ich einen Knoten im Hals.

Der Saal ist voller Leute, was mich einschüchtert. Ich beginne zu lesen. Es ist immer noch nicht selbstverständlich für mich, meine Gedanken öffentlich vorzutragen.

Besonders hier, wo die anwesenden Frauen nicht politisiert sind, sondern sich von mir höchstens eine Bestätigung ihres unterschwelligen Männerhasses erwarten. Ich bin auf einmal von keinem einzigen meiner Argumente überzeugt. Würde hier jemand eine Kritik an dem Vortrag äußern, ich würde sie wie ein abgerichteter Hund widerspruchslos hinnehmen. Meine Stimme hat keine Festigkeit, die Hörerinnen sitzen zu nahe vor mir, die Tür geht dauernd, weil noch mehr Menschen in den Saal strömen. Bald ist kein Zentimeter Raum mehr frei. Dann bin ich fertig. Es war schon zuviel, finde ich, und dennoch glaube ich, daß diese Frauen hier immer noch nicht wissen, was "Sexismus" bedeutet.

Die Diskussion kommt schnell in Gang, die Frauen reagieren wie erwartet widersprüchlich. Viele in Verteidigungshaltung, "mein Mann ist nicht so", "wir sollen nicht gegen die Männer, sondern mit ihnen die Gesellschaft verändern". Die Zahl der Anwesenden hat einen akzeptablen Rahmen längst überschritten, es gibt nicht einmal mehr einen Stehplatz. Da geht die Tür ein letztes Mal, und Felicitas zwängt sich herein. Ich atme vor Erleichterung tief aus und schaue ihr vergnügt dabei zu, wie sie sich umsieht, und dankend nickt, als ihr die Veranstalterin einen Klappstuhl reicht. Sie hat ihr gestreßtes Gesicht aufgesetzt, ihr Markenzeichen sozusagen. Sie lächelt kühl, als unsere Blicke einander treffen. Ich bin jetzt froh über meine neue Hose und die frisch gewaschenen Haare, über meine breitbeinige Haltung, die Füße auf dem Tischchen vor mir abgestützt. Ich bemühe mich, noch kompetenter dreinzuschauen. Dort in der Ecke sitzt sie nun, und schon ist die Diskussion zu einer Nebensache für mich geworden. Ich hebe zur Abschreckung das Plakat einer Autowerbung in die Höhe, auf denen eine nackte Frau mit gespreizten Beinen vor einer Kühlerhaube steht. Ein entrüstetes Raunen geht durch den Saal. Die Zuschauerinnen ereifern sich nun doch über die Männer. Der Wettlauf der Selbstdarstellungen beginnt, haarsträubende Erlebnisse werden geschildert. Diese dringen jedoch nicht in mein Bewußtsein. Ich muß immer wieder zu Felicitas hinlachen, als wären wir allein im Saal. Ich lache so lieb, daß ihr ablehnender Ausdruck schmilzt, und sie mit einem Mal zurückstrahlt, wie die Heldin im Kino, die auf einmal weiß, wen sie liebt - und dann *Happy End*. Ihre Lippen sind orangerot, ein greller Fleck in ihrem blassen Gesicht. Sie trägt ein grünschwarzes Holzfällerhemd in Flanell. Ich prüfe, wie apart denn dieses schmale Gesicht wirklich ist, ob es so schön ist, wie ich es in Erinnerung habe.

Ich bin boshaft, mit meinem lieben Lächeln, denn eine Zehntelsekunde lang wird sie verlegen darüber. Eine kurze, fast idiotische Verlegenheit erscheint in ihrem Gesicht. Sie legt geschmeichelt den Kopf leicht nach hinten und spitzt den Mund. Nicht bewußt, ich weiß, alles nicht bewußt, dieses Mundgespitze, dieses einfältige In-der-Sonne-meines-Anflirtens-Stehen. Ich bin brutal, denke ich jetzt, es geht mir nur darum, sie in diese Situation zu bringen, in der sie, über so viele Meter und noch mehr Leute hinweg von mir magnetisch angezogen wird. Nur um zu wissen, ob das noch funktioniert.

Die Diskussion bleibt noch lange lebhaft. Aber Felicitas wetzt bald unruhig herum. Sie langweilt sich. "Warum hören die nicht auf, das Wort zu ergreifen", frage ich mich insgeheim. Es wurde doch alles schon gesagt. Sie deutet mir, daß sie jetzt gehen muß. Ich bin traurig, ach so traurig. Nicht einmal eine Stunde Gespräch zu einem Thema, das mich angeht, hält sie aus. Ihr Gesichtsausdruck sagt, *"je suis désolée, mais..."*, dann kritzelt sie etwas auf ein Blatt Papier, das sie der Veranstalterin für mich anvertraut und verschwindet.

Als sie aus dem Raum ist, dauert es eine Weile, bis ich mein Gleichgewicht wieder gefunden habe, aber ich komme besser damit zurecht, als ich befürchtete. Ich habe nicht das Gefühl, daß mir mit ihrem Weggehen die Eingeweide herausgerissen worden sind. So schlimm ist es nicht mehr. Und nach ein paar Minuten bin ich wieder voll im Geschehen. Es hat auch sein Gutes. Ich muß mich nicht mehr von ihr ablenken lassen. Es ist ja mein Vortrag, über den sich die Frauen hier so sorgfältig den Kopf zerbrechen, darüber kann ich froh sein. Auch nachher, als ich umlagert werde, brauche ich keine Angst zu haben, zu lange mit jemanden zu reden, während sie auf mich wartet und längst gehen möchte und mich vielleicht, aus Strafe, sie zu lange nicht beachtet zu haben, ignoriert. Das kann nicht mehr passieren.

In dem Briefchen steht, daß sie noch zu einem anderen Termin muß. Heute noch? Nach zweiundzwanzig Uhr? Was für ein Termin kann das sein? Wen kann sie um zweiundzwanzig Uhr noch unaufschiebbar treffen müssen? Die alte Eifersucht ist wieder da, dieses Schwanken vor dem Abgrund und von niemandem gehalten werden. Nur, jetzt darf sie treffen, wen sie will, ich habe kein Recht mehr, zu fragen. Auf dem Zettel steht auch: "Du schaust sehr toll aus, in aggressivem Rot."

Die Vampirin

Ich kam gestern, Sonntag, um acht Uhr abends in ihre Wohnung, und Kaye empfing mich mit stummer Wut. Ich hätte schon um fünf Uhr da sein sollen, behauptete sie. Ich erinnere mich daran, daß ihr gestern noch die Uhrzeit egal gewesen ist.

Am liebsten wäre ich ohnehin zu Hause geblieben, aber in ihrer Wohnung gibt es kein Telephon. Ich hatte nach drei Tagen und Nächten mit ihr Angst vor einem Leerlauf, daß ich mich mit ihr und mit ihrem Gerede langweile. Nicht immer vertrage ich, wie sie sich verbal ausbreitet, ohne mir eine einzige Frage über mich zu stellen. Ich bin verstockt und heimlich wütend darüber und schon finde ich die Geschichten über ihr Leben blöde. Sie wird zum Kind wenn sie erzählt, wie die Oma ihr die ersten Pulswärmer gehäkelt hat, wenn sie über ihre Jugendstreiche und die kommende Pointe bereits im voraus quietschend zu lachen anfängt. Ich halte es in diesen Momenten mit ihr nicht aus. Ich fühle mich wie eingesperrt.

“Mmm, warm ist es da”, sagte ich gelassen, als ich den Mantel aufhängte.
Sie brachte kein Wort heraus, berührte mich nicht, fragte nach einer Weile mit erstickter Stimme, ob ich Tee wolle. Dann sah ich das Zimmer, aufgeräumt, besuchsmäßig, für mich schön gemacht. Über die Matratze am Boden war eine Decke gebreitet, der Glastisch gewischt, eine rote Lampe brannte, an der Wand glänzten lange Ketten, die an Haken und Ösen angebracht waren. Das Zimmer wirkte ausgeräumt und leer, die Spitzendeckchen der Nachbarin waren verschwunden. Sie brachte Tee, setzte sich mir gegenüber, starrte mich stumm an, dann quollen ihr die Tränen aus den Augen. Sie hätte seit fünf auf

mich gewartet, okay, sechs Uhr wäre auch nicht schlimm gewesen. Aber acht. Es war furchtbar. Meine Versuche, zu erklären. Die Gartenarbeit, die Migräne, es nützte alles nichts, sie saß stumm vor mir, und die Tränen rollten unaufhörlich über ihre Wangen. Auch wenn es ein Mißverständnis gewesen sei, sie hätte solche Sehnsucht nach mir gehabt, sie wäre in dieser Stadt offenbar noch nicht in der Lage, allein zu bleiben.

Ich war erbost über die Unterstellung, sie nicht sehen zu wollen, darüber, daß sie meine Notwendigkeiten nicht akzeptierte. Ich war zornig, weil sie gestern abend gesagt hatte, ich könne kommen, wann ich wolle, und heute den ganzen Nachmittag auf mich wartete und mit jeder Minute trauriger und trauriger wurde. Ich verschloß mich, und dann fing sie an, in die Stille zwischen uns beiden hinein zu reden, und dieser Redeschwall verselbständigte sich.

Sie erzählte eine neue Episode aus ihrem Leben, die ich noch nicht kannte, die von dem besetzten Haus in London. Sexuell verklemmte Nachbarinnen, die Kaye zwar mit den Augen verschlangen und hie und da auch gerne für sie die Beine breit machten, wenn der Ehemann in der Arbeit war, die sie aber bei der Polizei anzeigten, wenn sie Schreie aus ihrer Wohnung hörten. All die Leute, die von ihr Sex wollten und keine Liebe geben konnten, ihre Ausstellungen, ihre Geliebten - ohne Ende.

Ich sitze zuerst regungslos vor ihr, dann lege ich mich auf den Rücken, betrachte sie. Sie löscht mich aus, mit meiner Realität, mit diesem Sonntag, der mit seinen Verrichtungen für mich wichtig war, und stellt mir wieder etwas von ihrem Leben gegenüber, damit ich nicht vergesse, wie ausgefallen dieses ist. Und ich kann nichts dagegen setzen. Ich mit meinen Blättern, die ich im Garten zusammengekehrt habe, und den paar Wörtern, die ich in den Computer schreibe, um einen Vortrag vorzubereiten, und deshalb drei Stunden später zu ihr komme, habe nichts, was an die Originalität ihrer Erzählungen, an die Settings mit ihren Models herankommt, die sie hinter sich hat, an die ungezählten Provokationen, mit denen sie sich einen Namen gemacht hat - verrucht, gehaßt, vergöttert, alles mittels Sex. Kühn hat sie das durchgespielt und fühlt sich in dieser Gewagtheit auch noch sicher.

Sie "kann" Sex, wie jemand anderer Klavierspielen kann. Sie erzählt, sie hätte einer Frau die Augen verbunden, sie ans Bett gefesselt und sie dann von einer anderen ficken lassen. Währenddessen wäre sie Kaffee trinken gegangen. Sie hätte damit beiden einen Gefallen getan. Die Gefesselte hätte es genossen, weil sie geglaubt hätte, sie, Kaye, wäre heimlich im Nebenzimmer gewesen und hätte durch eine Ritze zugeschaut. Sie hätte sogar Kayes Parfum in diesem Raum ausmachen wollen. Neue Beweise von Abhängigkeit, Ausschließlichkeit und Ergebenheit. Ich bin wie erschlagen davon, ich beneide sie, daß sie solche Situationen inszenieren und ertragen konnte. Ich stelle mich selber in Frage. Wie kommt es, daß ich eine solche Welt, die mich wegen der darin enthaltenen Macht auch reizt, nicht schon längst für mich ausgelotet habe. Bin ich zu einer solchen kalkulierten Kaltblütigkeit imstande? Ich kann nicht einmal mit Felicitas kaltblütig umgehen, obwohl sie mich so oft gekränkt hat.

Ich liege da und lasse sie monologisieren und warte, bis sie bemerkt, daß das Zuhören mir auf die Nerven geht. Erst sehr spät, erst nach ich-weiß-nicht-wie-vielen Geschichten, auf die ich schon lange nicht mehr wie eine folgsame Zuhörerin reagiere, meint sie resigniert: “Okay, ich sage jetzt nichts mehr.”

Ich bin aggressiv zu ihr, ich herrsche sie an, sie brauchte keine Geliebte, sondern jemand, die ihr stumm zuhört, während sie sich selbst darstellt. Sie fängt wieder zu weinen an, sie hätte nur soviel geredet, weil sie überspielen hätte wollen, daß sie gekränkt war. Sie tut mir jetzt leid, wir versöhnen uns, aber ich werde das Gefühl nicht los, daß ich mit ihr nicht auf meine Kosten komme.

Wir liegen endlich nebeneinander und sie umarmt mich, ich habe mich danach gesehnt. Jetzt sehe ich sie mir an, ihr Gesicht, dessen Züge durchfurcht sind, und dessen Ausdruck mir zeigt, wie sehr sie von mir abhängig ist und mich will, Tag und Nacht, es nicht erträgt, daß ich etwas anderes mache, als mit ihr zu sein, und ich empfinde schlagartig Abneigung und Rückzugswünsche. Ich kann sie nicht schön finden jetzt.

Sie sagt, ich solle nicht so viele Aufträge annehmen, da käme das Privatleben zu kurz. Es ist nett gemeint, ich finde es unverschämt von ihr. Sie hat ihr Leben so organisiert, daß sie den ganzen Tag lang nichts zu tun braucht. Sie schläft bis in den Nachmittag, am Abend geht sie aus, die Nächte verbringt sie in Bars, hie und da einige Stunden für ihre Kunst. Sie lebt quasi von der Luft, da sie sparsam ist.

In meine Gedanken hinein sagt sie versöhnlich, sie hätte sich am früheren Abend etwas sehr Aufreizendes für mich angezogen gehabt, ich wäre sofort über sie hergefallen, wenn ich sie so gesehen hätte. Sie hätte das Gewand aber, kurz bevor ich kam, wieder ausgezogen. Ich bitte sie, sich wieder umzukleiden.

Ich warte. Jetzt Rotlicht. Sie hat Soul aufgelegt. Sie kommt in einem engen Lederrock in das Zimmer. Ledertop, nackte Schultern, schwarze Strümpfe, Schuhe mit spitzen, hohen Hacken. Diese Kleidung paßt nicht zu ihr, schaut an ihrem Körper dissonant aus. Sie ist ja keine Lady, sondern ein Lausbub, ja ein Straßenjunge, mit der gelbroten Strähne, die ihr ins Gesicht schwappt, und nun dieser Rock - eine Maskerade. Ich grinse bereitwillig. Ich bitte sie, doch vor mir zu tanzen. Sie macht es. Ihre Beine gleiten im Rhythmus der Musik nahe vor mir geschmeidig hin und her. Erstmalig sehe ich sie als *Femme* aufgemacht. Ich wußte nicht, daß sie auf Stöckeln überhaupt gehen, sich in diesen Schuhen so wiegen kann, so daß es weiblich aussieht, wenn sie sich jetzt umdreht und den Arsch kreisen läßt. Picksüß weiblich ist sie in dem kurzen Lederrock, dessen Zipp an der Arschspalte entlangläuft. Das Mäderl, das sie oft hervorkehrt, wenn sie ihre Geschichten erzählt und das mir auf die Nerven geht, zu dem ist sie jetzt wieder geworden, nur weniger kindlich. Nuttig.

Ich liege auf der Matratze und berühre ihre Beine, während sie sich langsam im Kreise dreht, ich schaue von unten an ihnen entlang zu ihrem Hintern hinauf. Sie lacht vergnügt - ein Kobold, klein und sexy und weiß dies, freut sich diebisch darüber, will, daß ich ihre Schenkel entlangfahre. Ich nehme aufseufzend zur Kenntnis, daß sie außer Strapsen nichts trägt. Ich komme ohne Hindernisse zu der nässenden, gallertartigen Fut. Ich sehe, wie sich die Pobacken ebenfalls hypnotisierend dicht vor meinen Augen drehen, wie ihre Rundungen unter dem Rock am Leder hin- und herrutschen. Meine Position erinnert mich an die Karikaturen der Schuljungen, die zum ersten Mal vor einer Prostituierten stehen, und diese macht sich einen Spaß aus deren unbedarftem

Begehren. Sie zeigt mir wieder ausgiebig den Hintern, zieht hüftschwingend den Zipp auf. Die Pobacken appetitlich hineingepreßt in die Lederschöße des Rockes, springen jetzt hervor, daunenweich.

Ich nehme sie mir jetzt, denke ich, habe lange genug zugeschaut, ihre Fesseln berührt, die Kniekehlen. Ich stehe auf, trete hinter sie, während sie weitertanzt, benetze meine Hand mit Speichel, dringe in sie ein. Sie lehnt sich dankbar aufseufzend an mich. Ich sehe uns im Spiegel: dieses erotische kleine Wesen, das sich mir so gierig anbietet und aus dieser Vulgarität Lust bezieht und Macht, und mich. Ich wirke groß und kühl, hart und entrückt.

Sie läßt sich auf die Matratze fallen, reicht mir Ledermanschetten, die ich ihr umschnalle und an den Ketten an der Wand fixiere. Ich hoffe, es törnt sie nicht ab, wie ich mich anstelle, ich hoffe, ich schaue gut aus, streng genug. Als ich ihr die Beine hochschnalle, übertreibe ich, weil ich hart sein will. Ich presse mich an sie und drücke ihre Schenkel mit meinem Körper noch höher gegen die Wand. Sie läßt sich alles gefallen. Jetzt, da sie gefesselt ist und sich nicht wehren kann, ziehe ich mich langsam vor ihr aus und zeige ihr meine Titten, die ich in einen schwarzen BH gepackt habe. Jetzt, da sie unbeweglich ist und mich nicht berühren kann, ziehe ich mir die Hose hinunter, kreise mit dem Hintern, mache meine Möse vor ihr auf.
“Möchtest du mich nicht lieber losbinden, damit ich es dir besorgen kann?”
Ich sage grinsend: “Nein.”
Ich ficke sie mit einem schwarzen Schwanz, den sie für mich bereitgelegt hat, ich schlage mit einer vielriemigen Peitsche auf ihre Beine, aber auch auf ihren Oberkörper,

ich spreize ihr die Schenkel auseinander, um mich zwischen ihnen zu aalen, ich lecke ihre Möse, auch als ich spüre, daß ihr die Berührung mit meiner Zunge zuviel wird. Bei alldem weiß ich nicht, ob ihr dies so recht ist, aber sie scheint zu mögen, was ich an ihr verrichte. Sie schaut mich immer mit ängstlichen, groß geweiteten Augen an. Es dürfte gut so sein.

Ich binde sie los und bei jedem Körperglied, das ich freimache, verweile ich lange und küsse es. So bin ich auch liebevoll zu ihr. Als sie ohne Fesseln daliegt, lege ich mich auf sie drauf und der Kontakt mit ihr ist gut, weich, anregend, jetzt müßte sie mich langsam zu lecken beginnen, und ich würde zum Höhepunkt kommen, in aller Zärtlichkeit.
"Und wie geht es deiner Fut?", flüstert sie. "Was möchte sie?"
"Sie möchte deine Zunge, deine Lippen", antworte ich und denke nichts Böses.

Da richtet sie sich auf, nimmt flink mein Handgelenk und schnallt ihm das Lederband um, das noch an den Ketten hängt. Ich hätte nicht gedacht, daß dies so schnell geschieht. Ich hätte es nicht für möglich gehalten, daß sie so prompt in die andere Rolle hineinschlüpfen kann, sich aufrichtet, wie der *Wunderbare Mandarin* von *Bartok*, geschlagen, erstochen immer noch nicht tot, lebendiger als je zuvor, unternehmender denn je, entschlossen und überlegt. Ich bin so überrascht, daß ich mir die Hand wirklich anschnallen lasse. Ja bin ich denn wahnsinnig, mich so widerspruchslos in die Machtlosigkeit einzufügen? Rächt sie sich für das, was ich ihr vorher getan habe, dafür, daß ich zu spät kam, oder für meinen so sichtbaren Mangel an Gefühlen? Ich sollte "Nein" sagen, "Aufhören". Schon hat sie mich an der anderen Hand gefesselt. Ich habe es nicht verhindert. Ich liege mit ausgebreiteten Armen da und komme mir viel ausgelieferter vor, als sie es mir gegenüber je war.

“Das wolltest du doch.” Sie kniet vor mir und betrachtet mich aufmerksam.

“Nein”, sage ich leise, aufbegehrend, unentschlossen.

“Doch, sonst hättest du dich nicht so gekleidet, deine Möpse nicht so nett verpackt.”

Sie nimmt meine Brüste an den Warzen und schüttelt sie, sagt immer wieder, wie geil sie sind.

“Schau, wie sie stehen, die wollen doch noch mehr, die wollen ein bißchen zusammengedrückt und gezerrt werden, hm, die sind so geil, nur für mich.”

Heimliche Phantasien von mir, daß sich eine an meinen Brüsten so bedient, wie sie es jetzt tut, diese als schäbige, kleine Tutteln packt und an ihnen zerrt. Sie macht diese Wünsche auf beängstigende Weise real. Eine gekonnte Show. Es gibt keine Brüche, kein Entkommen.

Sie zieht die Brüste an den Warzen zu sich hinauf und beutelt sie. Sie fragt mich, ob sie sie ein bißchen einzwicken soll. Ob ich das wohl gerne hätte.

Ich bitte sie stöhnend, es nicht zu tun. Ich bin überfordert, ich bin in einem Zustand panischer Angst.

“Doch, du magst es, wirst sehen.” Sie nimmt Klammern mit Drehverschlüssen und dreht sie langsam um meine Warzen herum zu. Meine Brüste in diesem Panzer schauen beschämend aus.

“So zartrosa, so fein sind sie”, sagt sie mit samtweicher Stimme. “Schau einmal, wie gut die da drin liegen, das gefällt dir doch, das ist doch schön.”

Sie zieht an den Klammern, schüttelt sie. Die Warzen fühlen sich wie brennende Geschwüre an.

Sie macht sich weiter an mir zu schaffen, sie sagt, daß sie mir die Beine hinaufschnallen wird, damit ich meine Fut für sie aufmachen muß. Sie sagt, daß sie darauf steht, wenn ich mich ihr so anbiete, aufgespreizte Glieder, genau das würde zu mir passen. Ihre Worte prasseln wie Schläge auf mich herab.

Meine Panik steigt, als sie an meinen Fesseln hantiert. Ich glaube, daß sie sich an mir für alles schadlos halten will, was sie selbst nicht hat, die Herkunft, die Bildung, das Feine an mir. Sie hat mich nun ganz angeschnallt, ihr Gesicht kommt nahe an mich heran.

So hätte sie mich immer haben wollen, sagt sie schadenfroh, auf diesen Moment hätte sie so lange gewartet. Und das klingt glaubhaft. Jedes Wort von ihr könnte auch wahr sein. Sie leckt mir mit der Zunge über den Mund und ich weiche angewidert weg. Den Wendungen meines Kopfes folgend lutscht sie mich grinsend weiter ab. Dann steht sie auf und dreht die Musikkassette um, auch ihr Outfit verändert sie. Ich höre hinter meinem Rücken Knautschen und Knistern. Die Lederhose ist nun prall aufgefüllt. Ihr Schritt wölbt sich mir entgegen. Die Brüste hängen in einem Seidentop. Sie hat alle Muße der Welt, sie ist die absolute Herrscherin über Zeit und Raum, über mein Leben. Ich bin ihr ausgeliefert, warum habe ich das zugelassen.

"Was ist, wenn ich nicht mehr kann", winsle ich.

“Dann sagst du ‘stop’.”

Die Aussicht, mit dem Wort “Stop” ein Ende der Folter, der Ungewißheit herbeizuführen, kann mich kaum beruhigen.

Sie will sich meine Fut genauer anschauen, sagt sie und klatscht mir beiläufig auf den Hintern, bevor sie den Eingang meiner Möse zu streicheln beginnt, sanft wie immer, aber ich kann diese zärtliche Geste nicht goutieren, bin ständig auf der Hut vor der nächsten Grausamkeit, ausgesetzt und unbeweglich gemacht, mit den hochgeschnallten Beinen, so wie ich es ihr gegenüber nicht sein will, oder vielleicht doch? So schwach, so ohne Einfluß. Sie schiebt mir unerbittlich langsam den schwarzen Schwanz in die Fut. Der ist so groß, daß es weh tut. Sie setzt sich mir gegenüber, sie schaut mich an. Sie flüstert, daß ich eine geile Sau wäre mit dem dicken Schwanz in der Möse, daß es ihr schon bei meinem bloßen Anblick kommen könnte. Sie befiehlt mir, mich noch weiter aufzumachen.

"Laß ihn rein, der will dich doch."

"Nein", sage ich. Ich schäme mich, ich will nicht, daß sie mich anschaut, mit offensichtlichem Triumph. Ich versuche, mich auf die Seite zu drehen, meine Beine rutschen etwas zusammen. Sie regt sich nicht, sie sagt nur leise, ich solle die Beine wieder aufspreizen, sonst würde sie gleich die Peitsche nehmen.

Ich zucke zusammen. Aber was bedroht mich so? Ich kenne solche Spielereien, sie sind auszuhalten. Warum also kann sie mich einschüchtern? Ich bin aufs äußerste angespannt, der Streit, die Aggression vorhin werfen ihre Schatten bis hierher, dennoch sage ich das magische Wort des Endes nicht.

Sie kniet sich dicht vor mich hin, und schaut mir ins Gesicht.

"Das willst du doch, die Peitsche, gelt?"

Sie schlägt mit der Hand auf meine Wangen, links, rechts. Die achtlos dahinklatschende Hand ist demütigend.

"Du möchtest doch von mir gezüchtigt werden."

Sie hat die Peitsche nun doch in der Hand und sie schlägt leicht hin und her, hin und her, systematisch, abgezirkelt, methodisch. Sie ist nicht eine, die loslegt, wie eine Besessene. Kein Anflug von Verrücktheit ist in ihren Augen. Etwas, das mich für sie einnehmen könnte, den Schmerz heroisch erdulden lassen würde, als Katharsis. Sie ist kalt, berechnend und hämisch, vulgär und primitiv jetzt. Sie spielt "hervorragend", würde ich nachher sagen. Jetzt aber ist ihr Auftritt noch Wirklichkeit. Ihre Unberechenbarkeit versetzt mich in Angst und Schrecken.

Sie drückt meine Beine noch höher hinauf, so daß ich ihr unfreiwillig den Hintern anbiete, schlägt wieder zu und ich schreie auf. Sofort läßt sie ab. Ich bekomme für den Bruchteil einer Sekunde mit, daß sie fürchtet, mir weh zu tun, es macht mich etwas sicherer, es nimmt nichts von ihrer Bedrohlichkeit.
Sie müsse mich jetzt mit einem anderen Schwanz ficken, der ein bißchen größer wäre, das müsse sie mir zuliebe tun, damit ich etwas lernen könne, sagt sie. Ich glaube ihr nicht, da stellt sie sich breitbeinig vor mich hin und öffnet den Hosenschlitz. Ein kräftiger, behaarter Schaft springt aus der Öffnung, die Eichel glänzend, schmutzigrosa. Ich glaube, mich in einem meiner häßlichsten Träume zu befinden.
Sie würde ihn mir jetzt einführen, sagt sie lächelnd, sicher wäre ich schon ganz feucht bei der Vorstellung. Den würde ich doch sicher mögen, den großen, dicken Schwanz. Der würde mir doch gefallen. Ihre Stimme ist sanft und gemein. Sie würde nur einmal sehen wollen, ob er auch in meinen Mund hineinpaßt. Paßt ein Schwanz in den Mund, dann paßt er auch in die Fut.
“Komm, nimm ihn schon, mach den Mund auf.”
Sie stößt ihn zu meinen Lippen, ich wehre mich, natürlich wehre ich mich. Ich spiele mit in diesem grausamen Spiel, ich werde erniedrigt und verletzt, aber das Wort “stop” will nicht über meine Lippen. Sie zwingt ihn mir zwischen die Zähne, und nun hinein, bis zum Anschlag, ich würge.

Sie sagt, daß ich jetzt putzig aussehen würde, und geil. Mein süßes Gesichtchen mit dem Affenschwanz im

Mund. Sie würde ihn mir ja gerne ein Weilchen lassen, aber sie müsse mich jetzt richtig ficken, damit auch sie auf ihre Kosten komme.

Eine Verworfenheit ist an ihr, wie ich sie in meinen dunkelsten Phantasien nicht besser inszenieren könnte, in makelloser Vollkommenheit macht sie das, was ich immer geträumt habe, fast auf den Satz genau, fatal. Sie wisse, daß ich solche Träume hätte, hat sie einmal gesagt, sie würde sie alle an mir verwirklichen. Ich würde schon noch sehen.

Ich will nicht mehr, ich finde es ekelerregend, wie sie vor mir liegt, seitlich aufgestützt, wie die römischen Feldherren früher beim Gelage, den überdimensionalen Affenschwanz am Eingang meiner Fut reibt, ihn an die Klitoris drückt. Sie läßt es sich nicht nehmen, in mich einzudringen, es tut weh, es ist kein Genuß, aber sie stößt zu. Schon walzt sie mit dem Becken vor und zurück und hin und her und keucht und preßt. Sie hat auf mich vergessen und dampft ihrem Höhepunkt entgegen, der Gummischaft scheuert an meinen Scheidewänden, so daß ich aufschreie, aber sie kriegt das nicht mit. Ich muß mitansehen, wie sie kommt. Es schaut phantastisch aus, wie sie sich verliert, vor mir liegend, mich ganz in ihrer Gewalt. Ich aber spüre nichts als Abwehr und Schmerz.

Die Tränen rinnen mir über das Gesicht, aus Verzweiflung, daß es so war, daß ich es mit mir geschehen habe lassen, aus Rührung, daß sie diesen Akt der Befreiung setzt. Sie ist zwischen meinen Beinen, sie sagt sanft und weich, als wäre sie eine ganz andere: "Ich möchte dich jetzt gerne lecken, möchtest du das auch?"

Madonna

Wenn ich das Radio aufdrehe und zufällig *Madonnas* frivole Unschuldsstimme in *Like a Virgin* höre, dann denke ich an Felicitas. Nicht wegen der Stimme, sondern weil Felicitas mir sofort sagen würde, daß sie mir, wie so vieles andere, auch diese Musik gezeigt hätte. Damals, als wir uns kennenlernten, hätte sie mir diese Platte vorgespielt, ohne sie würde ich *Madonna* gar nicht kennen. Und ich wäre durch diese Worte so verunsichert, daß ich ihr aufs Wort glauben würde. Stimmt das, würde ich mich fragen, wäre ich wirklich nie auf *Madonna* gekommen ohne sie?

Ich höre zu, wie dieses Lied anfängt. Bedächtig, wie eine Diesellok kommt die Melodie daher, und *Madonna* singt frech und federleicht darüber hinweg, schwebt. Und ich finde diese Stimme, die jetzt in meinen eigenen vier Wänden singt, sexy. Es fällt mir nicht schwer, dieses Urteil zu fällen, es ist sofort da, vielleicht, weil ich es schon so oft gehört habe, dieses Lied. Es gibt darin eine Stelle, an der *Madonna* voller Lebensfreude aufquietscht, und die gefällt mir besonders, und als ich mir das vergegenwärtige, fällt mir ein Abend mit Felicitas ein, an dem ich müde im Bett gelegen bin, erschöpft von einem anstrengenden Tag mit ihr, sie hat ja auch immer meine ganze Aufmerksamkeit verlangt. Ich hatte Kopfweh, und sie hat mir trotzdem diese Musik noch schnell vorspielen müssen. Sie hat mir auf jeden Fall, jetzt weiß ich es wieder, diesen kleinen, geilen Aufschrei zeigen wollen, und darauf gewartet, bis er kommt, und erst danach abgeschaltet - verärgert, daß ich nicht so begeistert reagierte, wie sie es wollte.

Ich weiß nicht, warum mich dieser Song damals nicht so

entzückt hat. Vielleicht war ich es leid, von ihr wieder einen Star präsentiert zu bekommen, wie sie es ununterbrochen machte, wie sie auf allen Gebieten immer eine Musterfrau fand, die sie mir vorführen konnte. Ich sage damit nicht, daß sie mich nicht genauso verehrte, aber was mich betraf, so schwankte ihre Begeisterung schon nach Laune. Von all den weiblichen Genies, die sie kannte, war ich die Frau, die sie neben aller Bewunderung auch heruntermachen konnte, weil sie mich immer zur Verfügung hatte, und immer bestrafen konnte, dafür, daß sie mich so bewunderte oder liebte, aber auch für jede andere Unbill ihres Lebens.

Ich schreibe täglich über unsere Trennung, über alles, was mir weh tut und mir das Ende der Beziehung zu Felicitas schwer macht. Damit kann ich die Zeit nicht mehr wieder zurückdrehen, aber Schreiben ist in diesem Zusammenhang noch das geringste Übel. Es gibt Schlimmeres - die Trennung immer im Kopf haben, bei jedem Handgriff, den ich mache, insbesondere, wenn ich nach Hause komme und die Wohnung leer ist. Am Abend habe ich Angst, von der Einsamkeit überrumpelt zu werden. Nicht mehr damit rechnen dürfen, daß sie anruft und sich um mich bemüht, schon längst nicht mehr damit gerechnet haben, aber jetzt ist dieses "Nicht Anrufen" offiziell.

Andererseits angenehm, mich nicht mehr fragen zu müssen, was sie gerade macht, wie oft sie im Schlepptau von Sebastian zu Vernissagen, zu Hochzeiten, zu anderen Einladungen geht, zu denen sie mich nie mitgenommen hat. Heute brauche ich mir nicht mehr vorzustellen, wie sie mit Sebastian und vielleicht mit einem seiner sporadischen Liebhaber in schöner Dreisamkeit vor dem Fernsehapparat sitzt, wie sie sich von ihm bekochen, beschneidern, bemuttern läßt, und ihm als Dank dafür ihre eigenen Bekannten vorstellt, wie sie mit ihm Haus hält, anstatt mit mir in meiner Wohnung Freunde zu empfangen. Ich muß all diese Dinge nicht mehr denken, nicht daran, wer aus dem Kulturleben dieser Stadt jetzt wieder in ihrem Salon Sebastians Kekse ißt und damit an diesem Zweierleben teilhat. Ich muß mich deshalb auch nicht mehr ausgeschlossen fühlen. Kein Kampf um ihre Zeit mehr, um ihre Liebe und um ihre gute Laune, um ihr Wohlgefallen.

Vor kurzem noch, am Anfang dieses Sommers, als wir unseren zweiten Jahrestag gefeiert haben, so erinnere ich mich, senkten sich ihre Augen mit jener Hingabe in meine, die ich an ihr immer so geliebt habe, nämlich ungläubig, fast beschämt über ihre Zuneigung zu mir. Diese Augen, die mir mit diesem versunkenen Blick immer wie die einer Fee vorgekommen sind, die für kurze Zeit in meinen Armen ruht.

An jenem Sommerabend Anfang Juli gingen wir, so weiß ich noch, gemeinsam ins Kino. Der Film hieß, *I hired a contract killer*, und in diesem Kino schoß mir wieder einmal die Liebe zur ihr ein, wie etwas gänzlich Unerwartetes, ja fast Unpassendes. Ich hatte sie über alles lieb, ich umarmte sie, als hätte ich dies noch nie getan, und Wärme durchströmte mich, ihr Körper war mit "samtig" am ehesten zu beschreiben. Ich dachte, es werde mir nie gelingen, eine andere Frau in dieser Weise zu umarmen und zu lieben. Dieses "auf sie zu zufliegen."

Dieser Kinoabend, an dem wir den Eindruck hatten, allein in dem dunklen Saal zu sitzen, fand kurz vor Sebastians Geburtstag statt. Auf dieser Feier fühlte ich mich schon nicht mehr wohl, weil Felicitas mir wieder zu verstehen gab, daß alle anderen wichtiger waren als ich. Sie war immer dort, wo ich gerade nicht saß, sie unterhielt sich mit allen anderen Frauen, sogar mit ihrer Ex-Freundin Birgit blendend, sogar mit der, nur zu mir sagte sie kein einziges Wort, kein beruhigendes, kein liebes, kein gutes.

Und es war, wie es immer schon gewesen ist, seit dem Beginn unserer Beziehung, daß ich mich auf nichts verlassen konnte, der schönste Abend zwischen uns, die sanfteste Stimmung, und gleich darauf sind wir unter Leuten, und sie behandelt mich wie eine Fremde. Sie ist hart und weit weg und findet es zunehmend lästig, wenn ich ihre Zuwendung vermisse.
Es ist ein Verrat von vielen gewesen. Die Treulosigkeit, die mir schier das Herz brach und mich Einsamkeit verspüren ließ. Eine Wunde mehr.

Ich habe heute angefangen, in der Garderobe ihre Kleidungsstücke zusammenzusuchen, um sie ihr zurückzugeben, wie es sich gehört. Ich habe die grüne Windjacke vom Bügel genommen, zusammengelegt, zwei Blusen. Sie hat sich vor allem einen Vorrat an Slips bei mir eingelagert.

Ich suche einen Sack, um die Kleider hineinzulegen. Dann aber stutze ich. Da liegt sie vor mir, die Jacke, die ich ihr zurückgeben will, und ich kann nicht. Ich kann nicht einmal, wenn sie nicht da ist, oder gerade, weil sie nicht da ist, daran denken, daß es zu Ende ist. Warum, frage ich mich, will ich gerade heute ihre Kleider zusammenlegen, um diese in einen Sack zu geben, als ob sie gestorben wäre, es gibt dafür keinen Grund, sie hat nicht einmal noch danach gefragt, ich bin doch sonst nicht so pedantisch und ordentlich. Ich nehme die Jacke wieder auseinander und hänge sie auf, ich will von dem Zusammensuchen ihrer Sachen nichts mehr wissen.

Ich weiß, ich brauchte sie nur zu sehen, nur ihre Sätze zu hören, die derzeit, weil es ihr schlecht geht, weil sie sich selber nicht leiden kann, weil sie darüber nicht nachdenken will, wie Hagel auf die Welt niederprasseln. Und ich würde wissen, es war gut, mich von ihr zu trennen, und höchste Zeit.

Ein einziges ungeduldiges, oder freches, respektloses Wort, ein einziger Zynismus von ihr und alles würde mir wieder hochkommen, Wut, Haß, Hilflosigkeit, aber sie ist nicht bei mir, sagt daher auch nichts. Sie ist auch nicht zu Hause. Ja, ich war sogar so dumm und so schwach, sie anzurufen. Zum Glück war nur der Anrufbeantworter an, den ich mir nicht anhöre, weil auf dem Tonband Sebastian spricht, und mir allein bei der Vorstellung, diese Stimme zu hören, zum Kotzen ist. Ich habe, seit sie dieses Tonband haben, kein einziges Mal eine Nachricht hinterlassen. Sobald sein Klick ertönt, lege ich auf.

Sie ist nicht zu Hause und spricht daher nicht mit mir, und ich kann mich nicht vergewissern, wie gemein und gehässig sie ist, und so kommen mir statt Abwehrgedanken nur liebe Erinnerungen an früher.

Es ist nicht zu übersehen, daß ich mich mit diesem Schreiben und Nachdenken immer mehr in die Orientierungslosigkeit hineinbegebe. Das Wort "Trennung" ausgesprochen zu haben, ist genauso sinnlos, wie die Äußerung all meiner anderen Gefühle.

Barmusik. Ich lese einen Brief, den ich Kaye im Sommer

geschrieben habe. Über unser erstes Zusammensein. Ich schrieb "deine Süße", um von ihrer Klitoris zu sprechen. Mir fällt ein, daß Felicitas "Bällchen" dazu sagte. Sie sagte auch "das kleine Bällchen tanzt wieder", um einen Orgasmus zu kommentieren. Ich habe wieder einen Anfall von Sehnsucht nach Felicitas, so wie sie ganz am Anfang war, weich und hingegeben, ich stelle mir vor - ich darf das ja, wenn ich allein bin, so wie jetzt - daß sie zu mir kommt, heute abend, und Sex haben will, und es zwischen uns so ist, wie in den ersten Monaten, im ersten Jahr, ich stelle mir vor, daß eine reife Felicitas sich mir hingibt und ich nicht die eiserne Jungfrau vor mir habe, zu der sie geworden ist, seit sie die Dobisch kennt. Ich habe beim Schreiben meine Bibliothek vor mir und weiß, daß in sechs bis acht Photoalben Hunderte von Photos von ihr lauern. Es gelingt mir in solchen Momenten nicht, sie mir so vorzustellen, wie sie in den letzten Wochen vor unserer Trennung war, grausam, ekelhaft und verächtlich.

Kunst

Nostalgisches Licht flirrt heute durch den Garten, schräg und gelb. Es blendet, umschließt mich. Stille, außer den heiseren Schreien der Krähen, die im Gras nach Würmern pecken, dahinstelzen. Naßglänzende Föhrennadelklumpen wogen geschmeidig auf und ab. Der Wind schlägt böig gegen meine Haut. Ich habe mir frei genommen. Der Wochentag zieht die Menschen von diesem Randbezirk der Stadt ab. So komme ich mir vor, wie in einem vergangenen Jahrhundert.

Gestern abend, nach dem Lieben hat Kaye uns ein Bad eingelassen, und Kerzen auf die Ablage gestellt. Die Flammen spiegelten sich in den Kacheln und in den Armaturen, im Porzellan der Wanne. Ihr Schimmer überzog die Wangen ihres Gesichtes, die Wölbungen ihrer Schultern. Die beiden geschwungenen Faltenlinien, die sich zu ihren Mundwinkeln zogen, wirkten mehr denn je melancholisch. Ich fühlte mich, als wäre ich nicht von dieser Welt. In meinem Körper Schwere und Langsamkeit, Erschöpfung. In meiner Seele etwas wie Liebe. Ich schien nun endlich über sie Bescheid zu wissen, sie, Kaye, als Ganzes in mich aufnehmen zu können. Sogar mein Raumgefühl war von ihr beeinflußt, richtete sich nach ihrer Gegenwart, und auch wenn sie mich gerade nicht berührte, war sie an mir. Ich konnte den Blick nicht mehr von ihr wenden. Zum ersten Mal seit ihrer Ankunft vermeinte ich, sie unvoreingenommen, ohne ständig auf der Hut zu sein, zu lieben.

Dieses Gefühl hatte sich nicht allmählich, sondern ruckartig und anlaßgebunden eingestellt, als ich mir ihre Kunstwerke ansah, in denen ich sie besser als sonst zu spüren, ja zu erkennen glaubte. Sie hatte Kataloge ihrer

Skulpturen mitgebracht. Ich betrachtete diese und mußte zugeben, daß sie Spiegel meiner eigenen Leidenschaften waren. Ihre Skulpturen sind aus Stahl, in Plastik oder in Glas gegossen, aus Holz geschnitzt. Sie können klein sein, wie Nippes, oder lebensgroß. Es sind immer wieder Abbildungen ihrer selbst, wie sie ihrer Lust frönt, gemeinsam mit einer anderen Frau oder allein, autoerotisch. Die Paarungen und Szenerien sind lebensecht bis ins Detail. Kaye hat sie bewußt kitschig, grell und plakativ inszeniert. Auf aufdringliche Weise zeigen sie Sexuelles, und an deftigen Farben hat Kaye nicht gespart. Hie und da ragen mir nur Teile ihres Körpers entgegen. Ihr oberhalb des Nabels abgeschnittener Unterleib, aus Kunstharz, sich in einem ekstatischen Tanz drehend, einen Schwanz umgeschnallt, den eine, beim Gelenk abgehackte Frauenhand streichelt. Ihr Po, wenn sie sich mit dem Bauch an einen dicken Frauenhintern preßt, in den sie wie wild hineinzuficken scheint. Ihre Brüste aus rosa Plastik, zwischen denen ein Messer liegt. Kaye mit ihren verschiedenen Liebhaberinnen, jeder Frau ist eine Stellung aus dem Kamasutra gewidmet. Bis zu den Fältchen unter den Augen sind diese Figuren genaues Abbild der Wirklichkeit. Was mögen all diese Frauen empfinden, wenn sie ihr Konterfei in solcher Weise der Öffentlichkeit preisgegeben wiedersehen. Zu einer Skulptur geworden, die mit Absicht die Banalität des Obszönen marktschreierisch betont? Sie müssen derselben Faszination wie ich erlegen sein.

Die Vielfalt der Posen, der Farben und Materialien zeigt mir eine Kaye, die außer Rand und Band geraten ist und der nichts heilig ist. Sie spielt mit Geschlechtsteilen wie mit Innereien, mit Frauen wie mit Materialien. Auch lebt sie Männerphantasien aus, die sie ungeniert eins zu eins reproduziert. Sie vögelt Frauen in Strapsen und Mieder, drängt sich in Ärsche, die in Latex gehüllt sind. Diese Inszenierungen strotzen vor Lebensbejahung und Hedonismus. Sie tappt mitten ins wollüstige Leben hinein, wenn sie ihre Hände in Fischkörpern badet, die sie auf einem Frauentorso drapiert hat, oder die Brüste tief in die glitschigen Leiber von Muränen taucht.

Grausig, entsetzenerregend ist dieser Anblick. Aber Kayes exzessive Liebe für den Akt selbst trifft meinen Lebensnerv, bringt meine Genußsucht auf Touren. Während ich einen Katalog nach dem anderen langsam durchblättere, ohne ein Wort zu sagen, wartet sie ängstlich auf meine Reaktion, von vorneherein überzeugt, daß ich all dies abstoßend finde und auf Distanz gehe. Statt dessen bin ich dankbar dafür, daß eine Frau solche Phantasien öffentlich macht, als Kunst auf den Markt bringt. Ich fühle mich heimelig und geborgen bei ihr, und spreche mit Begeisterung über die Abbildungen. Eine innige Stimmung entsteht zwischen uns.

Sie dunkelt den Raum ab und schlingt Stricke um meine Arme und um meine Beine. Sie verschwindet und läßt mich lange warten, dann kommt sie wie ein Schatten wieder, leise, unaufdringlich rollt sie sich an mich heran. Ein Pelztier. Sie schneidet mit einem Messer die Stricke durch, die Klinge drückt langsam meine Brustwarzen nieder. Dies hat nichts Fernes, Hartes, launisch Zerstörerisches. Diese Hände, die ich inzwischen so gut kenne, in ihren sanften Bewegungen an meinem Körper sind auch mit dem Messer zärtlich, hingegeben, auch wenn sie nun immer mehr in Fahrt kommt, weil sie meine Brust knetet und sich immer mehr auf das, sich nur allzu willig hingebende Fleisch einläßt. Erregt durch die Nähe zu dem Objekt, dem Wärzchen, das sich hilflos zusammendrücken läßt. Mir kommen Erinnerungen an Hände, die eine Krake aus dem Wasser ziehen, die sich mit ihren schlüpfrigen Tentakeln windet und ringelt, an eine milde Stimme, die sagt: "Sie hat sich unter dem Felsen verkrochen. Ich habe sie trotzdem erwischt."

Im Palais

Wir kommen zum *Esterhazy*. Zwölf Uhr Mitternacht. Der erste Stock ist hell erleuchtet, die hohen Balkontüren werfen gelbe Lichtvierecke auf das nasse Straßenpflaster. Ich sehe aber auch, daß Kisten in ein parkendes Auto verladen werden. Ich habe mir eine rauschende Ballnacht erwartet, plötzlich steigt Angst in mir auf, es wäre niemand mehr da, wir würden unnötig unangenehm auffallen. Unter Hunderten von Frauen wären wir ein Paar von vielen gewesen, wenn aber nur mehr wenige übrig sind, und die Musik gerade dann eine Pause macht, sobald wir den Saal betreten? Dieser in das üppige Licht der Kristallluster getaucht, und schlagartig Schweigen bei unserem Erscheinen? Wir haben eben die Straße überquert. In der geräumigen Garderobe hängen nur wenige Mäntel. Sind überhaupt all jene Frauen da, auf die es ankommt? Auf wen kommt es denn an? Ich lege ab, dann gehe ich auf die Toilette, immer noch nicht bereit, in die Ballräume hinaufzugehen. Wie lange werde ich meinen Auftritt hier noch hinausschieben? Bis das Fest zu Ende ist? Schon jetzt habe ich das Gefühl, am Ende angekommen zu sein.

Dann gibt es kein Zurück mehr, die ausladende, prunkvolle Treppe leer vor mir, einsam, im Licht der hundertjährigen Luster, der rote Teppich zuviel an Luxus, keine einzige Frau ist zu sehen, außer mir und Kaye. Sie scheinen sich wie die Mäuse vor uns zurückgezogen zu haben, aus den Räumen dringt keine Musik, wie es sonst immer bei Festen der Fall ist. "Ich habe Angst", sage ich zu Kaye, "ich fürchte mich, weil ich diese Mütze trage." "Aber nein, du schaust großartig aus, als wärest du mit ihr geboren worden."

Wir sind im ersten Stock angelangt, der breite, prächtig ausgestattete Gang mit Marmorfußboden und Stuck an den Wänden, schweren Samtvorhängen und vergoldeten Kandelabern liegt leer vor uns, in der Ferne Stimmengewirr. Da kommt die Journalistin Trenker auf uns zu, neben ihr ihre Freundin, deren Haar in einer silbrigen, wattigen Aureole vom Kopf absteht, als wäre sie ein Weihnachtsengel - das genaue Gegenteil von uns beiden. Die Trenker sieht uns und grüßt uns, als nähme sie nicht wirklich wahr, mit wem sie es zu tun hat. Wir kommen an den ersten Grüppchen von Frauen vorbei, die in ihrem Gespräch sofort aufhören und uns anstarren.

Wir scheinen wie aus den verkommenen Tiefen der Nacht in diese Glanzwelt hineingeraten zu sein. Wir dringen in die gepolsterte Idylle des Palais, in die sich nach und nach die Klänge von Walzern und Tangos mischen, ein wie das Jüngste Gericht - beide schwarz, beide in Leder, quasi gestiefelt und gespornt. Ich schrecke auf einmal vor der militärischen Strenge zurück, die ich hiermit inszeniere, mit der Schirmmütze aus Leder, deren Front hoch hinaufgezogen ist und die knapp am Kopf anliegt, keine Haare zeigt. Gesicht, Kiefer und Nacken in ihren ursprünglichen Linien bloßgelegt. Ich bin die Provokation an und für sich, so eine Verkleidung haben die Frauen, die hier feiern, noch nie mit mir in Verbindung gebracht, ja wahrscheinlich auch noch nie aus nächster Nähe gesehen, es ist in diesen beginnenden 90er Jahren in Wien in Frauenkreisen unüblich, sich so offensichtlich und einschlägig sexuell zu kleiden. Diese Herausforderung, der schreiende Kontrast zu den barocken Räumen und der festlichen Kleidung der anderen wird mir auf peinliche Weise bewußt und ich muß mich bemühen, den Kopf noch höher zu halten, Brust heraus, Schultern zurückgeworfen, und die Mütze wie ein schweres Diadem auf dem Kopf tragend scheinbar unbeeindruckt durch die Menge zu gehen.

Ich würde am liebsten außerhalb meines Körpers sein und aus einem Eck heraus beobachten, wie ich einherschreite und wie die anderen auf mich reagieren. Der Kragen der Lederjacke ist hochgestellt, die Mütze kühn, streng, eine Art Macht ausstrahlend. Ich komme mir wie geläutert vor, wie von einem anderen Stern, der Anzug würde ja gerade noch durchgehen, aber diese Mütze verkörpert auf einmal die Sendung des Bösen schlechthin. Ihr silberner Riemen spannt sich von einem Ohr zum anderen und verstärkt die Nacktheit der Schläfen. Mit diesem Outfit stelle ich die Unverschämtheit des Sexuellen zur Schau.

Wir kommen in den kleinen dämmrigen Saal, in dem das Frauenfest stattfindet. Es breitet sich nicht, wie ich erwartet hatte, in allen Sälen des Palais aus, sondern nur in diesem hinteren Raum und im Wintergarten, und ich zittere innerlich, je näher dieser Raum kommt, je mehr die Wahrscheinlichkeit wächst, daß wir von unseren Bekannten gesehen werden, wir beide wie aus einem Guß. Und ich sehe Birgit, die Exfreundin von Felicitas, meine Vorgängerin bei ihr, wie sie sich im Gespräch umdreht, uns erkennt und zu lachen beginnt. Ich sage mir vor, daß ich schön bin und gehe mitten in dieses Lachen hinein zu ihr. "Ihr seid wahnsinnig, ihr beiden, so daher zu kommen", ruft sie aus. Ihre weit aufgerissenen Augen sind dicht vor mir, und ich weiß nicht, wie ich auf dieses Erstaunen reagieren soll.
"Ist etwas falsch?" frage ich. "Macht man das nicht so, sich elegant zu kleiden?"
Und ich weiß genau, daß man das sicher nicht so macht, daß keine der hier Anwesenden je im Traum daran

gedacht hätte, in einer solchen Kluft hier aufzutauchen. Ich komme mir ausgesetzt vor, gleichzeitig kopfüber mitten in die Welt hineingeworfen, mitten ins Leben. Da reißt mir jemand die Kappe vom Kopf. Ich drehe mich blitzschnell um und kriege noch schnell die Mercier zu fassen, eine Malerin aus Frankreich, die ihre Beute hoch über meinem Kopf schwenkt. Ich schnappe sie ihr weg, damit habe ich nicht gerechnet, daß die Aggression auf diese Weise kommt, im Fortreißen des kostbaren Attributes. Ich setze die Mütze wieder auf und schlüpfe damit erneut in die Rolle des aalglatten, androgynen Offiziers. Sie aber, betrunken und überdreht, packt mich an der Hüfte und wirbelt mich hoch, torkelt mit mir durch die Tanzenden. Ich frage mich, ob dies wohl zu meinem strengen Auftreten paßt, von der Mercier getragen über das Parkett zu walzen. Ist es Kaye überhaupt recht, dramaturgisch richtig?

Als die Mercier mich vor der Gruppe wieder absetzt, und ich mich außer Atem zu Kaye geselle, die mich jetzt liebevoll und mit einem verruchten Lächeln anschaut, sehe ich Felicitas auf uns zukommen. Ihr Gesicht ist todernst und getroffen, als sie sich uns nähert. Sie stellt sich hinter Birgit, damit ich ihr nicht in die Augen schauen muß, aber ich will die Konfrontation, ich mache einen Schritt zur Seite und wir schauen uns an, und in ihren Augen ist ein Blick, den ich bis an mein Lebensende nicht vergessen werde, ein Blick, den ich von meinem Vater gut kenne, wenn ich ihn als Kind vor anderen bloßstellte, weil ich mich nicht so verhielt, wie er wollte. Hilflosigkeit, Getroffenheit, Pein und Beschämung, sprechen aus ihr, als wäre sie, Felicitas soeben nackt ausgezogen worden, als würde sie hier vor Dutzenden Augenpaaren gefesselt liegen, als wäre nicht ich es, die sich auf das ungehörigste, unpassendste zur Schau stellte, sondern sie.

Sie kann den Schmerz über meine Entblößung nicht verbergen, ich sehe ihn in ihren Augen, und sie sagt monoton, als würde alles an ihr sofort von Totenstarre erfaßt werden: “Grüß dich.” Ihre ganze gelackte Coolness ist in diesem Moment verschwunden.

Ich gehe auf sie zu, ich neige langsam und grazil den Kopf und beuge mich, vorsichtig auf die Kappe bedacht, zu ihren Lippen, um sie zu küssen. Sie läßt diese Geste der Zärtlichkeit über sich ergehen. Sie steht da, wie ein lebensgroßer Teddybär, der sich von meinen Lippen einen roten Stempel auf seine Schnauze drücken läßt, und schaut mich weiterhin mit einem Blick tiefster Gekränktheit an, als würde ihr mit meinem Erscheinen etwas weggenommen werden, als wäre sie soeben enteignet worden.

“Woher hast du diese Mütze?” fragt sie tonlos.

“Die gehört Kaye.”

Sanfte Musik beginnt, und ich habe den brennenden Wunsch, Felicitas zu schnappen und mit ihr zu tanzen, sie um die Taille zu nehmen, und sie würde sich nicht einmal dagegen wehren, weil sie eigentlich will, daß ich sie nehme, wie sie es immer gewollt hat und jetzt umso mehr, als es nicht mehr möglich ist. Ich möchte einen, so sage ich mir, Versöhnungstanz mit ihr tanzen, aber meine Vernunft ist stärker als mein Gefühl. Ich gehe auf Kaye zu, Kaye ist ja mit mir hergekommen, ihr habe ich es zu verdanken, daß ich so schön und kühn angezogen bin. Sie ist meine Geliebte jetzt und liebt mich. Ich schlinge den Arm um sie und führe sie auf das Parkett. Ich weiß, daß ich damit Felicitas von mir wegschiebe, und das tut fast körperlich weh. Ich leide mit Felicitas mit, weil ich hier mit einer anderen als Paar auftrete. Wer meine Verbindung zu Kaye bis jetzt nicht wahrgenommen hat, wird jetzt mit all seinen Sinnen darauf gestoßen, denn anzüglicher und aufreizender kann diese schon nicht mehr gezeigt werden. Kaye strahlt mich voller Liebe an, ich aber sehe sie sekundenlang mit Felicitas' Augen, denke ihre Gedanken, höre fast wörtlich, wie sie zu sich sagt, diese verlotterte, verlebte, vulgäre Kaye soll doch die Finger von meiner Freundin lassen.

Ich überlasse mich dem Tanz mit Kaye, dem Anblick ihrer Brüste in einem BH aus Metallketten, der die Warzen kaum verdeckt, der aufregenden Nacktheit ihrer Haut, genieße es, daß alle zuschauen, wie ich Schenkel an Schenkel mit ihr tanze und sie langsam vor mir in die Knie geht. Höhnisch weist meine Kappe darauf hin, daß wir beide sexuelle Grenzsituationen ausleben. In meiner, mich oft beschämenden, Selbstliebe bilde ich mir ein, noch nie eine Frau gesehen zu haben, die damit so makellos aussieht wie ich, unprätentiös und schlicht.

Ich bin bei diesen Gedanken aufgestört und aufgerührt. Felicitas tanzt jetzt auch und lacht Birgit an, es ist das hilfesuchende Lächeln des verletzten Kindes, das aufgefordert wurde, nicht tatenlos herumzustehen. Dieser Anblick erfüllt mich mit nicht wiedergutzumachender Traurigkeit, obwohl er mich nicht berühren sollte, er ist fatal, gleichzeitig ein Genuß. Ich habe Angst, sie heute ganz von mir zu stoßen und damit den Weltuntergang herbeizuführen. Andererseits schwelge ich in dem Machtrausch, sie gedemütigt zu haben, für alle Schmach, die sie mir mit ihrem Sebastian angetan hat, mit ihrer Verächtlichkeit und Respektlosigkeit, als ich noch eine Liebesbeziehung mit ihr hatte.

Kaye zieht mich in einen kleinen Saal, in dem wir allein sind, sie setzt sich breitbeinig auf einen Tisch, der vor einem goldeingefaßten Spiegel steht. Ihr Schamdreieck

ist mit nietenbeschlagenem Leder verdeckt, wellenartig dampft mir leichter Uringeruch entgegen. Ich fahre unter die Ketten ihres BHs und spiele mit den Brustwarzen Ich wage es nicht, in den Spiegel zu schauen, in der Befürchtung, mein Blick könnte an meinem Bild kleben bleiben und nichts anderes mehr sehen wollen als mich selber, obwohl auch sie berückend schön ist, mit den Augen wie blaue Glasmurmeln, den Schatten darunter, den tiefen Falten, die sich bis zu den Mundwinkeln graben und von kaum überwundener Seelenpein zeugen. Sie ist voller Güte und kommt mir weise und ausgeglichen vor, im Gegensatz zu mir, zu Felicitas, zu den anderen. Sie sagt: "My baby, my sweatheart ist so aufgeregt hier, mit der Mütze." Aber sie sagt es nicht abfällig.
"Ja", antworte ich, "ich bin aufgeregt. Bemerkt man es? Das will ich nicht."
"Ich bemerke es, mein Schätzchen, weil ich dich kenne, und die Schwingungen spüre, die jetzt gerade in dir toben."

Ich finde, dieses Fest wird mir unter dem Hintern weggezogen, jetzt ist die Aufmerksamkeit der anderen auf eine Jazzband gerichtet, deren Songs nicht zum Tanzen anregen. Die ersten gehen gelangweilt, dabei sind wir erst eine halbe Stunde da. Ich will mich zeigen, von allen angeschaut werden, schon gar nicht will ich aber Frauen, die stumm der Musik zuhören. Ich sehe Felicitas auf der Galerie oberhalb der Bar stehen und uns beobachten. Neben ihr steht eine ältere, stärkere Frau mit Pilzfrisur, es könnte die Dobisch sein. Ich spüre an Felicitas' gekrümmter Haltung, daß sie unglücklich ist.

Die Band hört auf, zu spielen, das Fest dürfte zu Ende sein, so kurz nach ein Uhr früh, als handelte es sich um eine Kinderjause. Man könnte versucht sein zu sagen, typisch für die Frauenfeste in Wien, bei den einen klappt die Musik nicht, weil die Tonanlage kaputt ist, die anderen hören zu früh auf.

Felicitas steht plötzlich neben mir. Ihre Mundwinkel haben sich in die Wangen eingegraben.

“Ich kann ja nirgendwo mehr hingehen, immer hast du diesselben Kleidungsstücke an wie ich”, sagt sie jetzt und lacht gezwungen.

Ich falle aus allen Wolken, was könnten wir beide heute Gleiches anhaben? Sie trägt eine weiße Rüschenbluse und eine graue Flanellhose. Ich schaue sie erstaunt an. Da deutet sie auf die Lederjacke, die sie über den Arm gehängt hat und sich jetzt überzieht. Die hat allerdings eine gewisse Ähnlichkeit mit meiner, deswegen habe ich sie ihr auch geschenkt, vor langer Zeit.

“Ich soll eine ähnliche Jacke tragen wie du?” sage ich, als würde mir das erst jetzt auffallen. Ich bin richtig froh, daß ich über eine solche Bagatelle, die nur uns beide etwas angeht, mit ihr lachen kann. Gute Strategie von ihr. “Ich habe meine aber schon länger”, füge ich hinzu.

“Stimmt”, sagt sie versöhnlich, als ob sie nur so darauf gewartet hätte, mir zuzustimmen. “Wieso trägst du das Haar gar so kurz?”

“Weil es so besser zur Mütze paßt. Darf ich?” Ich nehme ihr das Sektglas aus der Hand und nippe daran.

“Seit wann trinkst du Alkohol?”

“Nie, aber wenn mir hier schon ein Glas zur Verfügung steht.”

“Dir steht hier aber nicht alles zur Verfügung”, sagt sie trotzig.

“Du”, rede ich weiter. “Siehst du diesen Zipp hier?” Ich deute auf den Reißverschluß auf der Vorderseite meines Anzuges. Und in meine Stimme schleicht sich schon wieder jene kindliche Vertraulichkeit, die bei ihr so gut ankommt.

“Ist nicht zu übersehen”, sagt sie nachsichtig und aufmerksam.

“Den habe ich verlängern lassen, damit man mein Décolleté besser sieht.”

“Hast du!” ruft sie aus, wie erwartet baß erstaunt. “Damit man mehr sieht! Ich mach’ was mit, mit dir.”

Ich schaue sie an und kann mich nicht von ihr abwenden. Ihre Augen scheinen heute tief in den Höhlen zu liegen, schauen gehetzt aus, etwas verrückt.

“Hast du überhaupt schon geprüft, ob genug Schnee zum Rodeln liegt”, fragt sie weiter. Sie gibt nicht auf, denke ich, sie will noch immer so tun, als wären wir zusammen, als wäre es die einfachste Sache der Welt, miteinander rodeln zu gehen. Sie klammert sich an das Rodeln, wie an einen Strohhalm. Kaye gesellt sich jetzt zu uns und hört noch, wie ich sage: “Es liegt noch nicht genug Schnee, ich habe mir das schon angeschaut.” Es ist mir peinlich, daß Kaye das hört.

“Ich hab’ gar nicht gewußt, was das ist”, sagt jetzt Felicitas zu mir, wendet sich aber auch zu Kaye. Sie betont ihre Worte so, als wäre Kaye schwer von Begriff und deutet auf meine Mütze. “Warum hier silberne Riemen vom Ohr weggehen. Es schaut so aus, als wären die Ohren kupiert. Und mit den Riemen an den Kopf geklebt. K-u-p-i-e-r-t, verstehst du?” wiederholt sie auflachend, weil Kaye sie ob dieser Geschmacklosigkeit verblüfft anschaut.

“Aha”, antwortet Kaye.

“Aber das gehört scheinbar so.”

“Ja, das gehört so”, sagt Kaye eisig.

“Es ist ja fein für euch, daß ihr gleich groß, ich meine, gleich klein seid”, meint Felicitas herablassend.

Und dann läßt sie uns stehen. Ist ihr das nicht zu blöd, immer die gleichen Scherze zu machen, die gleichen Schmähungen zu den gleichen Personen? Alle sind von dieser Art Vereinnahmung betroffen, und man kann nur abschalten, sie nicht ernst nehmen. Auch nicht ihren Schmerz, schon gar nicht ihre Bemühungen, keinen Schmerz zu empfinden.

Die Säle, die Galerie und die Gänge leeren sich. Die Stimmen verhallen langsam. Ich bin enttäuscht, daß das Fest zu Ende ist, ich gehe auf die Toilette, die einen Vorraum zum Schminken hat. Als ich mir die Hände wasche, steht Kaye hinter mir. Ich lächle sie an. Sie ist mein einziger Trost nach dieser Pleite, diesen Versprechungen von Amusement und Show, die sich als so mager entpuppt haben. Wir küssen einander und ich lasse es zu, daß ihre Hände sich über meine Hüften hinuntertasten. Dann will ich wegweichen. Sie aber hält mich fest.
“Noch ein bißchen”, murmelt sie satt, “noch ein Kuß, komm.”
Sie drückt mir die Zunge in den Mund, dann saugt sie an meiner. Ich gebe halbherzig nach, ich habe jetzt etwas anderes im Kopf, als sinnliche Annäherungen, ich möchte wissen, ob Felicitas schon gegangen ist. Sie aber läßt nicht los, der Speichel rinnt mir das Kinn hinunter. Aufdringlich kneten ihre Finger meinen Hintern.
“Nicht, Kaye”, sage ich, “wir gehen jetzt. Die schließen.”
Sie lacht grunzend auf und schmatzt. Ihre Hände bleiben an meinen Pobacken kleben, walken weiter. Sie fährt mit offenem Mund über meine Wangen und patzt mir die Zunge ins Ohr, sie leckt und lacht, sie speichelt mich ein, den Hals, den Nacken.
“Laß uns gehen”, flüstere ich und versuche, mich abzuwischen. Ihr Griff wird härter. Als Antwort tropft sie mir noch mehr Speichel in den Hals.
“Ich will dich aber jetzt”, sagt sie. Ich stemme mich gegen ihre Brust, um sie wegzuhalten, da nimmt sie energisch meine Arme, zieht sie nach hinten und hält sie am

Rücken fest, sie drückt mich gegen die Wand. Ich spüre ihren heißen Atem im Gesicht. Sie schaut mich an und fängt an, breit zu grinsen.

“Baby, du gefällst mir doch, ich will dich, ich bin ganz feucht wegen dir”, gurrt sie.

“Nicht jetzt”, flehe ich, “nicht jetzt, die gehen doch alle.”

Sie öffnet langsam den Zipp meines Anzuges und legt die Brüste frei.

“Die sind süß, die Möpse.”

Sie spuckt sie an und verreibt den Schlatz auf den Warzen.

“Ich mag sie, wenn sie so naß sind, ich mag sie so”, wiederholt sie immer wieder. Mit jedem Wort stößt sie mehr an mich an. Dann beugt sie sich zu meinen Brüsten und saugt an ihnen. Ich bin erstarrt vor Widerwillen, aber die Warzen werden hart, von einer rauhen Zungenspitze gereizt, zurecht gerichtet, von ihren Fingern flink gedreht und immer wieder angehoben, so daß ich zu stöhnen anfange und mich vor Wollust winde.

Die Tür geht auf und die Dobisch kommt herein, als sie uns sieht, hält sie inne und schnauft entrüstet, in ihrem Gesicht ist Abscheu zu lesen, Abscheu in Vertretung von Felicitas, sie will gleich wieder gehen, dann überlegt sie es sich anders, dreht schnell den Kopf weg und verschwindet in einer Kabine. Der Riegel klickt.

Kayes Hand schlüpft durch den offenen Zipp zwischen meine Beine. Ich presse die Schenkel zusammen, aber die Hand dreht und wendet sich, schraubt sich zwischen die Schamlippen.

Aus der Kabine der Dobisch ist ein Schnaufen zu vernehmen, das Rascheln von Kleidungsstücken. Die Dobisch furzt, bevor sie sich ächzend auf die Brille setzt, dann läßt sie es plätschern.

“Mach die Fut schon auf”, zischt Kaye. Ich weigere mich,

da schlüpft ein Finger in mich hinein. Ich zucke zusammen, entsetzt, daß das überhaupt passiert.
Die anderen Finger rutschen nach, drängen und drücken in mein angeschwollenes Mösenfleisch, einer der Ringe kommt am Kitzler an, reizt und neckt, die Geilheit schießt durch meine Eingeweide, ich spüre den Boden unter meinen Füßen nicht mehr, ich bin wie blind und taub für alles. Die Dobisch, höre ich wie aus großer Entfernung, zieht die Spülung und dreht am Riegel, um die Kabine zu verlassen. Kaye hat jetzt die Augen geschlossen, keucht und stößt in mahlenden Bewegungen zu. Ihr Arm in der Lederjacke - ein schwarzer, öliger Kolben, der sich in mir hin und her schiebt.

Der Riegel der Dobischkabine klemmt. Die Tür geht nicht auf. Die Dobisch eingeschlossen, hantiert schneller, hektischer und flucht.

“Geile Sau”, flüstert mir Kaye ins Ohr. “Geile Sau.” Sie bohrt mir die Nägel der anderen Hand in den Arsch, die Dobisch rüttelt an der Klotür, vor meinen Augen tanzen tausende Sterne, als Kayes Finger in mir am Schwellkörper entlangzucken, bis in einer plötzlichen Entladung die Spannung zerreißt und ich laut schreiend diesen Fingern entgegenhaste, die wie ein dicker Prügel in mir weiterreiben. Der Riegel der Dobischtür klickt endlich auf, die Dobisch stürzt heraus und in diesem Augenblick wird es stockdunkel um uns drei. Ein Schlüssel ist zu hören, der die Damentoilette von außen versperrt. Schritte entfernen sich, dann Stille. Wir erstarren, Kaye beginnt glucksend zu lachen.

Die Dobisch richtet kein Wort an uns. Sie atmet schwer und aufgebracht. Sie setzt sich in Bewegung, tastet sich mit den Händen an der Wand zum Ausgang, als wäre sie allein hier. Ich bin vom Höhepunkt halb betäubt. Kaye aber läßt sich durch die Dunkelheit nicht irritieren, sie zieht sich langsam aus mir zurück und fährt mit den schleimnassen Fingern über meinen Oberkörper, berührt meinen Mund, läßt sie von mir ablecken.

Die Dobisch ist bei der Tür angelangt und beginnt, zu klopfen. Sie ruft: "Hallo, hören Sie mich? Hört mich wer? Hallo!"
"Wir müssen ihr helfen", sage ich, "komm, wir rufen mit."
Kaye bleibt an mich gedrückt. Wie eine Schlange windet sie sich faul an mir.
"So mach's mir doch, Schätzchen, komm mach's mir", brummt sie.
"Ich will hier raus," sage ich. "Ich mach's dir zu Hause."
"Ich will, daß du in mich reinkommst." Sie drückt mich hinunter auf die Knie. Sie hält mich an Schultern und Kopf, während sie den nietenbeschlagenenen Lederfleck, der ihre Scham verdeckt, aufreißt. Dann preßt sie mein Gesicht an feuchte Fleischwülste.
Die Dobisch rüttelt an der verschlossenen Tür, ruft um Hilfe. Ihre Stimme überschlägt sich vor Zorn und Angst.

"Leck mich", sagt Kaye. Ich will zurückweichen, da drückt sie mir gebieterisch einen Finger in den Nacken. Ich stecke die Zunge in ihre schlierige, dampfige Öffnung, so daß sie vor Genugtuung aufjault und sich fester an mir anhält. Ihr Becken arbeitet sich hart an mich heran, sie packt meine Hand, schiebt sich meinen Finger in die Fut, einen anderen drückt sie sich hinten hinein. "Na, komm schon, komm", zischt sie.

Die Dobisch hat sich heiser gerufen und wirft jetzt ihre sackförmigen Körpermassen gegen die Tür, daß es kracht. Kaye donnert mir ihr Becken entgegen. Meine Zunge rollt gottergeben durch schlammig glitschige Vaginasümpfe. Wir arbeiten zu dritt, kann man sagen. Und als die altersschwache Tapetentür der Damentoiletten unter dem Dobischgewicht aus den Fugen birst, drückt Kaye in einem letzten Aufschrei ihr Becken durch. Sie hat jetzt jedes Maß verloren. Sie hält meinen Kopf fest und die heiße Gischt ihrer Ejakulation ergießt sich in meine Augen. In zuckenden Schüben näßt sie mein Gesicht ein. Die Dobisch ist samt Tür draußen am Boden gelandet.

Der gedämpfte Lichtschimmer der Notbeleuchtung dringt zu uns herein. Ich erhebe mich schwerfällig, meine Knie sind wundgescheuert, meine Haut ist naß und kühlt schnell aus. Ich höre Felicitas' Stimme, die ungehalten nach der Dobisch ruft. Von ihr möchte ich jetzt am allerwenigsten gesehen werden. Durchgefickt und abgelutscht, halb entblößt, nach Schweiß und säuerlichem Saft riechend.
Die Dobisch steht ächzend auf, humpelt ihr entgegen.

"Ich muß mal", sage ich zu Kaye und will in einer Kabine verschwinden. Kaye hält mich zurück.
"Jetzt gehen wir."
"Ich muß pissen", wiederhole ich. "Dringend."
Sie zerrt mich zur Tür.
"Komm, deine nette Freundin wartet, der gefällst du sicher so."
"So laß mich aus", keuche ich.
Sie aber hört nicht auf mich, zieht mich am Arm mit sich mit. Wir stolpern durch den dunklen Gang, vor uns zwei schemenhafte Gestalten. Felicitas spricht wütend auf die jetzt schluchzende Dobisch ein. Der Tonfall ist mir nur zu gut bekannt. "Immer mußt du die Letzte sein, du bist

wohl zu blöd, um zu kapieren, wann hier Schluß ist, mit deiner Reizblase." Ihre keifende Stimme wartet keine Antwort ab.

Kaye schiebt mich nach vorn. Ich leiste Widerstand. Noch haben beide sich nicht umgedreht, noch weiß Felicitas von meiner Anwesenheit nichts. Die Dobisch ist zu entsetzt, um ein einziges Wort über die letzten Minuten zu verlieren.

"Ich will nicht weiter", flüstere ich.

"Ich möchte aber, daß du deine Freundin begrüßt", sagt Kaye.

"Ich muß pissen gehen", sage ich und will stehenbleiben. Kaye verstärkt ihren Griff und stößt mich nach vorn. Da halte ich mich mit aller Kraft am nächsten Türrahmen fest.

"Ich will sie nicht sehen", keuche ich hysterisch. Kaye lacht boshaft auf. Sie dreht sich zu mir.

"Dann nicht, mein Schätzchen", sagt sie, und schiebt mir ihre Hand zwischen die Beine. "Aber nur wenn du es rinnen läßt, ruf' ich den beiden nicht nach."

Sie drückt leicht auf meine Blase.

"Komm schon, ich will es spüren."

Sie lästert und säuselt, drückt und bettelt, bis ich allen Widerstand aufgebe und mich gehen lasse. Ein warmer Strahl benetzt ihre Hand und läuft langsam meine Beine entlang.

"Du bist Spitze, Süße", gurrt sie. "Jetzt gehörst du ganz mir."

Und der warme Saft hört nicht auf, weiter zu rinnen, und ihre nasse Hand wischt währenddessen ohne Unterlaß zärtlich an meinen Schenkeln entlang, bis wir als Allerletzte das Palais verlassen.

Premiere

Über die Leinwand flimmert der Film *Body pleasures.* Einige Frauen aus der Wiener Lesbenzene haben darin mitgespielt, zumindest als Statistinnen. Die Stimmung im Saal ist dementsprechend aufgeheizt, man wartet auf bekannte Gesichter. Ich bin mit Kaye gekommen. Auch Felicitas ist hier. Allein, wie ich gesehen habe, ein paar Reihen vor uns. Im Film spielt sie die *Security* am Eingang einer Bar. Sie sagt den denkwürdigen Satz: "Überlaß sie mir", bevor sie einer unerwünschten Besucherin eine in die Fresse haut, und dann den leblosen Frauenkörper hinter sich her schleift. Als diese Szene kommt, johlt der Saal anerkennend. Nichts an ihrem Auftreten erinnert an die wirkliche Felicitas. Im Film ist sie unnatürlich geschminkt, ihr Gesicht quecksilberfarben, die Haut von marmorner Konsistenz, die Stimme klingt verzerrt und hohl. Sie trägt eine metallisch glänzende Brokatbermuda. Ein Felicitas-Klon zuckt also sekundenlang über das Zelluloid. Dennoch trifft mich ihre Erscheinung, ihre plötzliche Verfügbarkeit für die Blicke aller. Der Film scheint die Fremdheit zwischen uns zu besiegeln.

Bei der anschließenden Premierenfeier versuche ich, sie zu meiden, aber die Menschenmenge schwemmt uns zueinander. Sie trägt eine rote Rose in der Hand - das Geschenk der Regisseurin an ihre Darstellerinnen. Ich mache ihr Komplimente über ihren Filmauftritt. Sie lächelt halb mißtraurisch, halb geschmeichelt. Ich will wieder weitergehen, aber etwas hält mich zurück, es ist als hätte ich mit meinen Worten eine Lawine losgetreten. Plötzlich versuchen wir, einander wieder "in den Griff zu kriegen". Jede will die andere in ihren Bann ziehen. Und diese Bewegung ist bald nicht mehr rückgängig zu machen.

Ich bilde mir ein, daß niemand bemerkt, wie sehr jedes Wort von mir darauf abgestimmt ist, sich in ihr Gemüt zu schleichen und von ihr ganz bestimmte Sätze zu hören. Ich sage mir, daß ich ohnehin nichts anderes tue, als mit ihr zu reden, aber dieser *small talk* ist ein einziges Entkleiden unserer beider Herzen, ist Warten auf das heimliche Eingeständnis, daß wir immer noch auf einander stehen.

In ihren Bemerkungen liegt eine von Schmerz diktierte Aggressivität, die mir willkommen ist, als Ausdruck ihrer Sehnsucht nach mir, als Reaktion auf den Entzug meiner Gegenwart in den letzten Monaten. Ich könnte heulen, wenn ich daran denke, ich weiß nicht einmal, ob vor Glück oder aus Mitgefühl mit der Chancenlosigkeit ihrer Liebesgefühle. Als ob ich immer gewollt hätte, daß sie mich hoffnungslos begehrt, und sich ihre Liebe dann einstellt, wenn sie mich nicht haben kann. Jetzt bin ich schockiert darüber, wie spitzzüngig sie deshalb zu mir ist. Ihre Bösartigkeit hat endlich Grund zu sein, aber ich genieße dies, weil jedes Wort mir immer nur das eine sagt: daß ich ihr abgehe, daß sie sich nach mir sehnt, obwohl ein Zueinanderkommen, ein Miteinanderleben unmöglich ist. So stehen wir jetzt nach vielen Monaten Abstinenz voneinander Schulter an Schulter, und tasten uns mit scheinbar belanglosen Worten wieder aneinander heran.

"Wie du schon wieder aussiehst", sagt sie. "Muß denn dein Ausschnitt bis zum Nabel offen sein? Ich kann gar nicht hinschauen." Sie ist frech genug, mir den Reißverschluß meines Catsuits bis zum Hals hinauf zuzuziehen. Ich lache nur und mache ihn mutwillig wieder auf.
"Du möchtest sicher wissen, wie es darunter aussieht", sage ich und entblöße meine Schultern.

"Huch", ruft sie, "da ist ja gar kein Stoff mehr."

"Sitbone", sage ich.

"Na, du mußt Geld haben."

Ich kann gar nicht anders, als mich ihr zu präsentieren, auf meine Reize hinzuweisen, auch wenn mich dies angreifbar macht. Ich bin meiner selbst sicher, obwohl die Stimmung zum Zerreißen angespannt ist. Wir haben ja Zuhörerinnen. Die Frauen, die uns umringen und Bescheid wissen, warten auf einen Eklat, ich grinse sie aber alle ausgelassen an, in meiner Aufregung bin ich selbstgefällig. Kaye steht mundtot gemacht an meiner linken Seite. Felicitas ist nervös. Von dem Drang getrieben, mit mir ein paar Worte zu wechseln, und seien sie auch noch so banal, nimmt sie sogar Kaye in Kauf.

"Bist du denn schwanger", fragt sie anlassig und deutet auf meine Brüste. "Die Krapferln sind so gewachsen."

Die Beziehung zu Kaye wird auf einmal winzig klein, ist fast nicht mehr vorhanden, und Kaye selbst, so attraktiv ich sie zu Beginn des Abends noch gefunden habe, ist ebenfalls unscheinbar geworden. Und um den Verfall meiner Liebesgefühle zu ihr zu beschleunigen, schaue ich sie auch noch mit Felicitas' Augen an, und spüre, wie Felicitas darauf wartet, daß Kaye sich mit Worten bloßstellt. "Diese Frau kann ja nicht einen einzigen, korrekten Satz aussprechen, da nützt ihr ihr ganzes, offensiv ausgebreitetes Lederimage nichts", denkt Felicitas sich jetzt wahrscheinlich.

Der Unterschied zwischen beiden springt mir mehr denn je ins Auge: die eine zierlich, schlicht, legt ihr Wesen vor den anderen bloß, ist auf Ehrlichkeit aus, versteht verbale Untergriffe nicht einmal. Die andere versteckt sich hinter einer Mauer von Zynismus. Hier die wendige Kaye, ihr Herz vor sich hertragend, aber ohne Nuancen, ohne Doppeldeutigkeiten, und da Felicitas, nach außen hart und unergründlich wie immer, weiß Gott nicht grazil heute, den Nacken mehr denn je in die Schultern hineingezogen. In sich gekrümmt, dazu auch noch in dicke rote Wolle verpackt, was sie kompakter macht, als sie ist. Ein purpurroter Blazer mit schwarzem Fellkragen. Relikte aus unserer gemeinsamen Vergangenheit. Ich habe das gleiche Kostüm in weiß zu Hause, mit ihr gemeinsam in Paris erstanden. Damals war jede von uns davon überzeugt, daß das der anderen schöner wäre. Ich habe sie immer um den Fellkragen und um dieses leuchtende Rot beneidet, sie mich um das blendende Weiß und die großen Silberknöpfe.

Sie ist mir in diesem Blazer früher wie eine Queen vorgekommen. Heute wirkt sie, in Vergleich zu Kaye, behäbig darin. Auch ihr Haarschnitt ist nicht mehr pfiffig. Das Haar hört stumpf im Nacken auf, macht sie hausbacken. Sie könnte heute ihre eigene Mutter sein, denke ich. Ob das damit zusammenhängt, daß sie die unschicke Dobisch frequentiert, für die sie keine Trendsetterin zu sein braucht? Ich betrachte boshaft ihre Frisur. Das registriert sie sofort.
“Du brauchst gar nicht so lang hinzuschauen”, sagt sie. Ich weiß, die liegen heute flach auf dem Kopf.”

Kaye spürt, wie es um mich steht, wie sehr ich zu Felicitas hingetrieben werde. Ich hätte das Gespräch mit dieser sein lassen sollen, hätte sie kühl behandeln können, hätte meine Beziehung zu Kaye nicht abgewertet. Dafür ist es zu spät. Felicitas und ich sägen beide an dem Ast, auf dem wir jetzt gemeinsam sitzen, schneiden uns jeden Rückhalt von außen ab, die Welt verengt sich um uns herum, als würde außer uns niemand mehr existieren.
“Ich weiß, wer deine neue Freundin ist”, sage ich. Sie stutzt, dann lacht sie verlegen und gleichzeitig provokant auf.

“Wieso? Meine Freundin bist doch du, nach wie vor.”
Und mein Magen macht einen Sprung.
Manche Worte wechseln wir so schnell, daß die anderen nichts davon verstehen. Und ich wage noch viel Gefährlicheres. Ich schaue sie einmal statt einer Antwort nur unvermittelt an, und das scheint sie ihrer Ressourcen zu berauben. Sie lacht gekünstelt, “so sag doch etwas.” Ich aber antworte immer noch nicht und weiß, auch das ist ein Schritt mehr von Kaye weg, macht die Beziehung zu dieser noch weniger glaubwürdig.

Felicitas nimmt die Brille ab, und ich sehe, daß ihre Augen müde sind, die Schminke ist verwischt, so wirkt das Gesicht auf anziehende Weise zerstört. Schrille Farben sind im Widerstreit und verstärken die Schatten. Echsengrün und biberbraun, bernsteinfarbene Flittersprengsel als Reste des Lidschattens, Karmesin des Lippenrots. Das Brillenabnehmen war immer unser Geheimcode für höchste Anziehung und unerlaubte Nähe gewesen. Wenn sie die Brille abnahm und für mich die Augen nackt bloßlegte, mußte ich entsetzt tun, über dieses Ansinnen schamlosen Geflirtes, dem ich unterliegen sollte. Wie auch anders. Die grünen Augen mit den heftig dunklen Brauen sind ja ohne Brille ungezähmt und wissen nicht, wie sie sich einfinden sollen, in eine neue, verschwommene Realität. Sie schauen sanft und überrumpelt.

Sie nimmt also die Brille ab. Mir entkommt, wie auch früher immer, ein leiser, kleiner Ausruf, der sagen soll, “ich verfalle dir unverzüglich”. Sie lächelt zufrieden. Ich erschrecke, wie schlecht sie heute aussieht, ich erschrecke auch darüber, wie genau ich sie sehen, prüfen will, ob noch alles da ist, an diesem Gesicht.

Ich bin eine Verräterin, bin grausam zu mir selbst, zu ihr, zu Kaye, aber ich kann nicht anders, ich bin wie im Fieber. Dieses gegenseitige Anlocken gipfelt darin, daß ich heimlich einen kleinen Schokoladekrampus (heute ist der fünfte Dezember) aus meinem Mantel nehme, in ihre Sakkotasche gleiten lasse und hoffe, Kaye sieht das nicht. Ich bete, daß Felicitas ihn erst anschaut, wenn ich weg bin. Aber neugierig greift sie sofort danach, und all ihre Härte ist sofort verschwunden. Sie ist so gerührt, daß ihr die Worte fehlen, sie legt ungelenk den Arm um meine Taille und bedankt sich. Jetzt fehlt nur noch ein Kuß, denke ich mir. Es sollte aber ein langer sein, einer, der nicht aufhört. Ihr Gesicht ist ganz nahe jetzt, ihre Haare, so schlecht sie auch geschnitten sind, sind für mich auf einmal Inbegriff von Flauschigkeit, Symbol des Einandernähergekommenseins.

"Wenn das so ist", sagt sie, "dann hab' ich dir natürlich auch etwas mitgebracht."

Und sie zieht ebenfalls ein kleines Konfekt aus ihrer Tasche und gibt es mir. Ich weiß nicht, was sich die anderen über diesen Geschenkeaustausch denken, ich sehe die Frauen um mich herum ja überhaupt nicht mehr. Ein nachsichtiger Nebel hat sie verschluckt.

Zum Dank küssen wir einander nun doch auf den Mund. Ihre Lippen sind noch weicher, als ich mir vorgestellt habe. Sie sind so süß, wie man sich Lippen nur vorstellen kann, und ich könnte in diesem nachgiebigen Fleisch versinken, wie in Daunen, wie in weichen Sand, wie in frischen Blütenblättern. Ich bin nachher böse auf mich selber, daß ich diese Berührung so kurz gehalten habe. Aus Anstand habe ich sie nur gestreift und sie leider gerade dann erwischt, als sie noch zusammenklebten. Rechts war eine Lippe sogar über die andere gestülpt, Felicitas hat ja einen großen, einprägsamen Mund. Wenn sie lacht, eher Sophia Loren, auch wegen der kräftigen weißen Zähne, wenn sie aber frustig ist, schlüpfen die Enden gewellt in die Mundwinkel hinein. Es gibt also viel Oberfläche, einen Teil davon habe ich jetzt erwischt, immerhin so viel, daß mir der Kuß seligmachend weich vorkam.

Kaye hat schon zweimal gesagt, daß sie gehen will. Wir verabschieden uns, auch das ist in Ordnung, es trifft mich nicht, ich bin gelassen. Kaye hat weder gequengelt noch queruliert. Auf der Straße weht eisiger Wind. Kaye spricht über diesen Abend erst, als wir zu Hause sind, und ich mich aus dem Gewand schäle wie aus einer glitschigen Haut, den naßgeschwitzten Body und den schwarzen Catsuit abstreife - beide getränkt von der Winterkälte und dem Schweiß der Enttäuschung darüber, daß dieses Wiedersehen, Wiedererfassen von Felicitas nicht so enden hatte können, wie es den Gefühlen von uns beiden angemessen gewesen wäre: sie zu mir nach Hause nehmen und wieder innig und fest und für immer und ewig in meine Arme schließen. Dennoch ist die Gewißheit da, daß sie mich noch immer liebt. Ich habe es ihr an jeder Faser ihres Körpers, ja Gewandes, an jedem Härchen, jeder Bewegung ihrer Gesichtsmuskeln, jeder Wendung ihres Kopfes angesehen. Ich war darauf aus, dies zu sehen, zu spüren und zu wissen.

Als ich unter die Dusche gehe, sagt Kaye: “Du solltest mehr Stolz haben. Du solltest dich nicht so an sie hängen.”

Und dieser Satz trifft mich. Natürlich habe ich meinen Stolz vergessen müssen, um in Erfahrung zu bringen, daß Felicitas sich nach mir sehnt, daß es in Wahrheit niemand anderen gibt in ihrem Leben, und vielleicht habe ich mir damit wieder etwas zerstört. Souveränität, mein eigenes, von ihr endlich unabhängiges Leben, meine neue Beziehung zu Kaye.

Am nächsten Morgen wache ich längst vor Kaye auf und liege, von gestern noch aufgeputscht, neben ihr. Plötzlich geht das Telephon, und am anderen Ende der Leitung ist die Stimme, auf die ich seit Wochen gewartet habe. Überraschend und doch wieder nicht, in der Logik dessen, was sich gestern zwischen uns abgespielt hat. Diese Stimme kommt wie aus dem All, und sagt: "Was ist denn mit dir los, du klingst wie ein Reibeisen."
"Ich bin verkühlt", sage ich.
"Von den langen durchfickten Nächten."
"Gibt es etwas Dringendes", frage ich.
"Nein, nein, ich wollte nur, eigentlich wollte ich nur mit dir reden, aber wenn du nicht allein bist....."
In diesem Moment würde ich Kaye am liebsten eigenhändig in einen Zug nach London setzen. Ich möchte allein sein, möchte Felicitas' Stimme auskosten, neu verliebt, nach dem gestrigen Abend. Sie hat auf unsere Annäherung sofort reagiert. So wie man es sich ersehnt, wie es in Filmen vorkommt, wie es sich gehört. Den Gesetzen des Begehrens nachgehend, die zwischen uns jetzt wieder gelten. Aber ich bin nicht allein und nicht zur Verfügung. Sie merkt es sofort, und damit wird das schönste Gespräch aller Zeiten abgewürgt, gleich zu Beginn. Noch unter dem Eindruck ihres eigenen Mutes und der plötzlichen, verliebten Spannung zwischen uns hat ihre Stimme den metallischen, aufgeregten Klang, den ich von den ersten Zeiten unserer Liebe noch in Erinnerung habe, auf mich zugehend, schmeichelnd, aber forsch. Von ihren Gefühlen lieber nichts preisgeben wollend.
"Ich wollte mich nur zu einem Schneespaziergang vormerken. Denn, wenn der Schnee vorher schmilzt, bist du schuld. Und ich komme natürlich nur, wenn die Ketten und die Ledermanschetten und die anderen Werkzeuge weggeräumt sind, sonst traue ich mich nicht in die Wohnung."

“In die Wohnung oder in den Schnee?”
“Es muß scheußlich sein, so lang aufzubleiben und übernachtig zu sein.”
“Du bist ja gestern auch bis zum Schluß geblieben.”
“Du mußt auf dich aufpassen, mit deinen Exzessen, hast ohnehin nur mehr ein paar Kilos.”
“Gestern hast du noch gesagt, meine Brüste sind gewachsen.”
“Also dann schönen Tag noch, und schiebt nur fleißig die Dildos hin und her. Für nachher empfehle ich Sitzbäder.”

Sie hätte also heute sofort kommen wollen, denke ich glücklich. Kaye aber sagt: “Sie will Macht haben über dich. Es ist ein Machtspiel.”
“Fast komme ich mir funktionalisiert vor”, fügt sie hinzu. “Es gibt ja Frauen, die die neue Freundin dazu benützen, um der alten noch mehr weh zu tun.....”

Im Schnee

Unser Spaziergang verlief erträglich, bis zu dem Moment, in dem Felicitas mir erzählte, daß sie zu Allerheiligen in Prag war. Sie erwähnte dies nicht einmal, um mich zu verletzen, sondern vielleicht nur, weil es ihr herausrutschte.
"Mit wem?" fragte ich erschrocken. Sie weigerte sich, mir darüber Auskunft zu geben. Ich sagte, ich könne es mir ohnehin denken. Das überhörte sie. Die Stadt wäre toll gewesen, das Hotel auch.
"Wir sind bei Industriellen eingeladen gewesen", sprach sie weiter. Sie sagte immer "wir". Und ich malte mir die Dobisch und sie in einem schönen, alten Hotel aus, und wie die Dobisch sie Hinz und Kunz vorstellte, und Felicitas sich wieder einmal gut aufgehoben und verwöhnt vorkam. Mir tat das Herz weh, und die Eifersucht wütete in mir. Wie es wohl zwischen den beiden im Bett war, wenn sich dieses Walroß auf sie legte.
"Du weißt, ich finde mir immer gute Fremdenführerinnen", sagte Felicitas schnell, um diese Reise zu bagatellisieren, bohrte aber damit das Messer noch tiefer in meine Wunde. Jetzt wurde ich mit der Dobisch auch noch in einen Topf geworfen. Paris, London, Madrid, Venedig mit mir. Prag mit der Dobisch, danach vielleicht Bukarest, Sofia, Krakau und Vilnius.

Felicitas ist soeben gegangen, und ich bin immer noch konsterniert über den Verlauf dieses Nachmittags. Außer diesem Pragreise-Entgleiser haben wir uns beide bemüht, keine heiklen Themen anzuschneiden, bei unserem ersten Treffen nach so langer Zeit. Wir vermieden es, über Privates zu reden, und doch gab es kleine, ungeschickte Versuche, der anderen zu zeigen, daß eine gewisse, vorsichtige Nähe erwünscht ist. Mit ihren Lederschuhen schlitterte sie im Schnee, und ich mußte sie den ganzen Weg lang an der Hand halten. Ich machte mich schon wieder zu sehr für sie auf und war mir dessen bewußt. Ich wurde übermütig und hänselte sie, wie man das nur bei einer tut, von der man etwas will. Ich rief: “So lauf doch, wenn du kannst, lauf mir nach.” Und lachte.

Sie tat sehr geschäftig, als sie kam, war wie üblich drei Stunden zu spät dran, und ich konnte ihr nicht einmal böse sein deswegen. Ich hatte drei Stunden mehr Zeit, meine Wohnung als Bühne zu inszenieren, unauffällig nur jene Dinge liegen zu lassen, die sie sehen sollte. Die ersten Seiten der Liebesbriefe etwa, die Kaye mir geschrieben hat. Darling! Mein Baby! Du Schöne!

So wie ich die Wohnung heute für sie aufräumte, so habe ich ihr auch sonst immer alles aus dem Weg geräumt, was zu einem Mißverständnis oder einem Streit beitragen konnte. Sie konnte mir zu Beginn unseres Spazierganges nicht einmal in die Augen schauen, hörte nicht richtig zu. Eine, für uns beide typische Situation, daß ich von mir erzähle, dies aber auf toten Boden fällt, sosehr sie sich auch anstrengt, sich auf meine Wellenlänge zu begeben.

Es ist mir auch von früher her vertraut, daß ich mich, scheinbar ohne Erfolg, bemühe, ihr zu gefallen, und mich immer mehr verausgabe, in meiner Freundlichkeit. Wir gehen einen verschneiten Hang hinauf, und ich tue so, als wäre sie ein Gast aus dem Ausland. Ich sage: “Bitte schau dir auch die Gegend an, deswegen gehen wir ja spazieren.”
“Wir hätten ruhig rodeln gehen können”, murrt sie. “Da hast du gesagt, es liegt zuwenig Schnee, und jetzt kommt man kaum durch.”
Ich sehe darin schon wieder einen Vorwurf, eine Kritik,

es gibt schon wieder etwas, das ich nicht richtig gemacht habe. Warum habe ich nicht mit der Rodel am Arm auf sie gewartet? Ich bin erleichtert, daß sie auf dem Rückweg durch ein Villenviertel wenigstens einige architektonisch bemerkenswerte Häuser entdeckt. Doch nicht alles vergebens gewesen.
Im Wald nehme ich wieder ihre Hand und weiß, daß das verboten ist, aber sobald ich auslasse, fängt sie zu rutschen an und schreit entsetzt auf.
Ich wage es nicht, ihr zu sagen, daß ich Kaye täglich sehe und es mit ihr schön habe. So erwähne ich nur, daß diese schon dreimal bei meinen Vorträgen war.
"Ach so?" sagt sie. "Hat sie beim ersten Mal nichts verstanden?" Eine Ohrfeige sollte ich ihr dafür geben, statt dessen lächle ich nur entschuldigend.

Es kostet mich etwas, über Kaye zu sprechen, weil diese Verbindung in ihren Augen keine Daseinsberechtigung hat, so wie ihre Erzählung über die Pragreise mit der Dobisch bei mir nicht ankommt.
Sie sagt wichtig, sie hätte auf dem Fest im Esterhazy Geschäfte abwickeln müssen. Die anderen könnten es sich vielleicht leisten, nur zum Spaß auszugehen, für sie aber wäre jede Veranstaltung auch ein Pflichttermin, sonst hätte es keinen Sinn.
"Ich gehe nur zum Tanzen hin", sagte ich.
"Das hat man ja gesehen. Manchmal war ja dein Schenkel von dem Kayes kaum zu unterscheiden, so eng habt ihr euch aneinander gepreßt ..."
Sie will mir nicht sagen, was die Dobisch über unseren gemeinsamen, unfreiwilligen Aufenthalt auf der Toilette erzählt hat.
Unsere morbide Freude am Versteckenspielen, an Unehrlichkeiten und Intrigen! Jede weiß mehr, als sie zugibt, jede quält die andere mit Anspielungen.

Trotzdem bin ich außer Atem, wie ein Kind, das nicht aufhören kann, von sich zu erzählen, und ich bemerke mit Entsetzen, daß wir schon wieder auf dem Heimweg sind.

Ich gieße ihr Tee ein. Sie schaut mir dabei zu und sagt unvermittelt: "Eigentlich bist du immer noch so lieb und klein wie früher."
Das kann heißen, eigentlich bist du immer noch unterdrückbar, es hat sich trotz Kaye nichts daran verändert, du bist immer noch schwach und darauf aus, es mir recht zu machen. Oder liegt in diesem Satz die Sehnsucht nach alten Zeiten.
"Natürlich", sage ich, "du bist ja auch noch die kleine, liebe Felicitas von früher." Sie schaut verlegen weg.
"Und?" fragt sie, um abzulenken. "Wie wirst du Weihnachten feiern?"
"Blasphemisch", rutscht es mir heraus. "Eine schwarze Messe in einer Gruft am Zentralfriedhof."
"Pfui! Du bist ekelhaft."
Ein unangenehmes Schweigen entsteht. Sie wird unruhig. Sie würde auf meinem Sofa schlecht sitzen. Es wäre für Gespräche nicht geeignet, weil es zu weit weg von mir wäre. Ich stehe auf und setze mich dicht neben sie.
"Ist es jetzt besser?" frage ich. Ich lehne mich zu ihr, schaue auf ihren gesenkten Kopf und sehe, wie sie verwirrt ihre Beine anstarrt. Sie antwortet nicht. Ich stehe schnell wieder auf und räume das Geschirr weg.

Bevor sie geht, will ich ihr die Kleidungsstücke zurückgeben, die sie noch bei mir im Schrank hat. Dies wird wider Erwarten komisch. Ich nehme die Blusen vom Bügel, als würde ich sie ihr anpreisen und verkaufen wollen. Wir brechen in ein befreiendes Gelächter aus. Manche Teile erkennt sie nicht einmal mehr. Sie würde sie mir am liebsten weiterhin zur Aufbewahrung lassen.

“Die Bluse behältst du dir, paßt dir doch gut, im Hawaiilook, das ist eher dein Stil.”
“Die paßt mir überhaupt nicht.”
“Die hat dir immer gut gepaßt.”
Einen ganzen Berg Slips hole ich hervor.
“Alles für die Dobisch”, sage ich.
“Laß doch die arme Dobisch in Ruh.”
Ich falte die ersten beiden Slips auseinander und breite sie vor ihr aus.
“Über die freut sich die Dobisch ganz besonders.”
“So etwas wie mit dir habe ich noch nie erlebt.”
“Die rosa Boxershorts mit den Kußlippen kriegst du nicht mehr zurück.”
“Doch. Die hast du mir geschenkt.”
“Die bleibt hier.”
“Die paßt dir doch gar nicht.”
“Trotzdem.”
Die Dobisch braucht Felicitas’ Po in dieser Hose gar nicht erst zu sehen, denke ich, finde aber keine Erklärung, warum ich sie ihr nicht zurückgeben will.
“Gib sie her.”
“Nein.”
“Dann bleibt sie halt hier, vielleicht komm ich ja einmal Rasenmähen und muß mich nachher umziehen.”
“Genau, dann mußt du dich nach der Gartenarbeit duschen, wer weiß”, sage ich und meine eigentlich, ich will dich die längste Zeit schon umarmen, wenn nicht jetzt, dann halt nächsten Sommer, ich kann warten.
Dann steht sie schon im Mantel an der Eingangstür und ich vor ihr, der schwerste Moment, denn wir sind fast Kopf an Kopf. Sie zieht an der Brusttasche meiner Bluse.
“Warum steht die so weg?”
“Die ist nicht gebügelt.”
“Warum nicht?”
Ich schaue sie verwirrt an.

"Bügelt denn jetzt niemand für dich?"

Ich schlucke. Sie beugt sich schnell hinunter, um sich die Schuhe anzuziehen, die vom Schnee noch in einer Wasserlache stehen.

"Entschuldige, daß meine Schuhe so viel Saft lassen."

"Solange es nur die Schuhe sind..."

"Das habe ich jetzt überhört."

Wir küssen einander zum Abschied auf den Mund. Auf der Treppe dreht sie sich noch einmal um.

"Und hab es noch schön, in Zukunft. Wir können uns ja wieder einmal zum Tee treffen."

Dann bin ich allein und weiß nicht, was mit mir los ist, ich bin enttäuscht. Ich wollte so viel mehr und habe ihr gleichzeitig selber so viele Schranken gesetzt. Kaye war durch Bilder, Briefe, Erzählungen immer anwesend. Ich bin traurig, daß der Nachmittag so und nicht anders verlaufen ist. Felicitas hätte doch wirklich irgend etwas Nettes sagen können. Ich meine, etwas, das ihr aus dem Herzen kommt. Aber sie ist zu schwach dazu, und wird sich immer von anderen aufzwingen lassen, wie eine Situation verläuft. Sie wird sich, wenn, immer küssen lassen und nie selber küssen. Was wäre, wenn ich mich vergessen hätte? Es wäre für uns beide unangenehm geworden. Sie war mir gegenüber verschlossen, obwohl mir jedes Anzeichen des Gegenteils recht gewesen wäre.

Warum ist sie mit der Dobisch nicht einfach abgehauen? Schlimm ist, daß sie mich immer noch sehen will und Sehnsüchte hat, die mit mir zu tun haben.

Gefahr

Der erste Einkaufstag nach den Weihnachtsfeiertagen. Trotz der Schulferien ist die Stadt nicht ausgestorben. Im Zentrum wimmelt es vor Menschen, die im dichten Schneegestöber ihre Geschenke umtauschen gehen. Ich schleuse mich so recht und schlecht durch die mir entgegenschwimmenden Pakete und renne auf einmal gegen einen braunen Rauhledermantel. Ich murmle eine Entschuldigung und blicke hoch. Der Besitzer des Mantels schaut mich genauso entsetzt an, wie ich ihn. Sebastian. Der Waschbärkragen um seinen dünnen Hals macht ihn noch mausgesichtiger als sonst. Ich will schon wortlos an ihm vorüber gehen, da streckt er mir seine Hand hin.

“Frohe Weihnachten”, sagt er.

Ich lasse mich gehen und drücke die rachitischen Finger.

“Frohe Weihnachten”, wiederhole ich wie ein Automat.

“Wir sollten endlich Frieden schließen”, redet er weiter.

“Frieden?” stammle ich.

“Klar. Das waren doch alles Kindereien zwischen uns.”

Er sucht umständlich in seiner Hosentasche nach Zigaretten und zieht mich dann vor den Eingang des Dorotheums.

“Na, ja, vielleicht hast du recht”, sage ich jetzt verlegen. Ich komme mir schäbig vor, ihn so dämonisiert zu haben. Vielleicht waren ja die Unstimmigkeiten allein meine Schuld. “Es tut mir leid, daß ich wegen eurer Reise so ausgerastet bin.”

“Schon gut.” Er macht eine wegwerfende Handbewegung und bläst mir den Rauch ins Gesicht. “Ich brauche ja wirklich keine vierundzwanzig Riedelgläser, zwölf tun es auch.”

Dann stehen wir ratlos voreinander. Ich wage nicht, sofort, wieder zu gehen, wenn er sich doch extra eine Zigarette angezündet hat.

"Und? Wie geht es in der Wohnung?" frage ich. Ich würde lieber fragen, was macht meine kleine, süße Felicitas? Aber das ist tabu.

"Die Wohnung wird jetzt ganz schön leer sein, wenn Felicitas auszieht."

"Sie zieht aus?" Mein Herz macht einen Sprung und scheint sich dann kurz zu verabschieden. "Wohin zieht sie denn?", bringe ich gerade noch heraus.

"Zur Dobisch."

"Zur Dobisch?" wiederhole ich und merke wie meine Knie nachgeben. Vor meinen Augen tanzen kleine Sterne. Ich spüre meinen Körper nicht mehr, er ist federleicht und scheint langsam zu Boden zu sinken.

"Ist dir nicht gut?"

Ich lehne mich an die barocke Türlaibung. Mein Kopf ist blutleer.

"Doch, doch, ich habe nur heute noch nichts gegessen."

"Ich dachte, du weißt das. Seid ihr nicht mehr in Kontakt? Die Dobisch hat ein Penthouse gekauft. Und die Housewarming Party ist zu Silvester, und bis dahin wird Felicitas hoffentlich mit dem Umzug fertig sein, denn dieses Möbelgeschiebe geht mir schön langsam auf die Nerven."

"Aber warum...?" sage ich langsam. "Warum...?"

Meine Worte sind so leise, daß Sebastian sie gar nicht hört, und ich weiß nicht einmal, was ich fragen wollte, was es da noch zu fragen gibt. Außerdem wird er jetzt abgelenkt. Ein junger Mann in einem Maßanzug im Stil der 30er Jahre und mit einem wie mit dem Rasiermesser gezogenen Seitenscheitel winkt aus dem Entrée des Auktionshauses heraus. Sebastian wirft seine Zigarette auf den Boden, walzt sie mit dem Fuß aus, und wendet sich zur Tür.

"Also dann", ruft er mir zu, als er das Glasportal aufdrückt. "Da werden gerade Empirestühle versteigert.

Sechs Stück in Regentenblau. Die solltest du dir wirklich anschauen."

Ein böiger Wind kommt auf. Die Schneeflocken stieben mir ins Gesicht und bleiben an den Wimpern und Augenbrauen kleben. Ich suche in der Anoraktasche nach einem Taschentuch und weiß dann nicht, wohin zuerst damit. Die Nase rinnt, wegen der Kälte, die Augen tränen, wegen des Windes, sage ich mir vor, und ich sehe nun absolut nichts mehr. Ich schneuze mich, fange aber dann erst recht zu weinen an. Je mehr ich mich schneuze, umso schneller rinnen die Tränen, umso mehr verstopft sich die Nase. Es ist kein Ende abzusehen. Ich werfe das triefendnasse Tuch weg und hole ein neues heraus.

Ich erinnere mich an eine Therapiestunde, in der ich auch so viel weinen mußte, weil es wie so oft um Felicitas ging und um die Hilflosigkeit, die ich ihr gegenüber fühlte. Als ich nach der Sitzung auf die Straße trat, weinte ich immer noch, schneuzte mich, weinte, schneuzte mich, in einem fort, so wie jetzt, so daß ich nicht sah, wer mir entgegenkam. Auf einmal schob jemand den Arm unter meinen Ellenbogen, und es war Felicitas. Sie hatte mich überraschen wollen und mich abgeholt, und sie war guter Dinge, und rief: "Warum denn gar so viele Tränchen? Da schickt man dich in Therapie, damit es dir besser geht, und du kommst heulend heraus, und wirfst ein zusammengeknülltes Taschentuch nach dem anderen weg."
Sie ahmte mich nach, wie ich eingesunken vor mich hin ging, die Kleenex zusammenballte und über die Schulter warf. Sie lachte. "Gott sei Dank hab' ich dich abgeholt, da geht es dir gleich wieder besser, wenn die Feli bei dir ist. Dort gehst du mir nicht mehr hin, wenn du dich nachher nur kränkst." Wieder einmal hatte sie meine

Gefühle mit ein, zwei Sätzen bagatellisiert, und ich haßte sie dafür.

Aber jetzt würde ich mir wünschen, daß sie aus der blauen Schneedämmerung auftaucht und mich wegzieht von diesem Augenblick, von dieser Gegenwart und sagt: "Es ist alles gar nicht wahr, was Sebastian dir erzählt hat, er lügt. Der ist schlecht aufgelegt, weil ich behauptet habe, daß seine Lebkuchen zu hart geworden sind."
Aber das geschieht nicht. Niemand ist bei mir, nur dunkle Gestalten huschen an mir vorbei, und auch die werden mit vorgerückter Stunde immer seltener, weil die Geschäfte nun schon längst geschlossen haben.

Doppelgängerinnen

Unsere Schritte hallen durch den schlecht erleuchteten Gang. Kaye trägt abgetragene, fettig glänzende Stiefeletten, das Aufschlagen ihrer Absätze verursacht jedesmal einen dumpfen Knall auf dem unebenen Kopfsteinpflaster. Sie hat beide Hände in die hinteren Hosentaschen gesteckt, als wüßte sie nicht, wohin damit. Braungestrichene Metallsäulen tragen das Gewölbe, in das wir über drei Stufen hinunter gehen. Kaye drückt auf einen provisorischen Lichtschalter und ein paar Neonröhren gehen an. Sie machen aus unseren Gesichtern grauweiße Kraterlandschaften.

Ich mag Kaye heute nicht. Ihre Hose ist aus noch robusterem Leder als sonst. Es spannt um den Schritt, weil sie einen Schwanz zwischen ihre Schamlippen geklemmt hat, der sich fast bis zum Nabel hinaufzieht und die Nähte des Reißverschlusses auf eine harte Probe stellt. Sie kann damit gar nicht anders als breitbeinig einherzuwanken. Warum heute gar so machohaft, denke ich blasiert.
Sie bemerkt meine distanzierte Haltung und schweigt beleidigt. Darüber bin ich beschämt und bemühe mich um Unterhaltung. Was wir hier machen, will ich wissen, und warum sie mir bis jetzt den Grund für den Besuch dieser alten Fabrikhallen verschwiegen hat. Woher sie einen Schlüssel dafür auftrieb? Was ich mit all dem zu tun habe.
Sie bleibt stehen und schaut mich an. “Lassen wir es”, sagt sie, “es interessiert dich nicht im mindesten. Gehen wir wieder.”
“Nein, das ist nicht wahr”, antworte ich. “Ich bin nur befremdet, wegen dieser Handschellen an deinem Gürtel. Findest du die nicht zu dick aufgetragen?”
“Ich trag die nun mal gern. Ich muß sie ja nicht gleich verwenden.”

Sie schaut trotzig auf ihre Stiefelspitzen. Ich nehme sie in den Arm. Ich hatte vorgehabt, sie zu küssen, aber ihr neongrünes Gesicht schreckt mich ab. Ich lege nur kurz die Wange auf ihr Haar, dann lasse ich sie los. Ich ver-suche, einen unternehmenden, fröhlichen Ton anzuschlagen.
"Jetzt zeig mir endlich, was du vorbereitet hast. Ich bin ganz neugierig."

Sie öffnet eine weitere Tür in der Ecke der leeren Halle und ich folge ihr zögerlich in einen kleinen Raum. Sie knipst das Licht an, ein rosa Spot flutet über unsere Köpfe. In der Mitte liegt, so scheint es, ein Haufen alter Lumpen. Kaye stimmt ihr kieksendes Lachen an und stürzt darauf zu, wie ein Kind zum Christbaum. Sie läßt die Stoffe, einen nach dem anderen weggleiten, ein buckeliger Gegenstand mit Hügeln und Schlingen kommt zum Vorschein. Ich gehe näher hin und bleibe plötzlich fasziniert und entsetzt stehen. Ich kann es zuerst nicht fassen.

Ich schaue in mein eigenes Gesicht, oder sagen wir, in einen Abklatsch meines Gesichtes aus Porzellan, vielleicht etwas zu süßlich, zu rund, aber in seinem unverschämten Ausdruck von Lust glaubhaft mir nachempfunden. Aber das ist nicht alles, mein ganzer nackter Körper liegt, als würde er in einem orgiastischen Schrei erstarrt sein, vor mir, und zwischen meinen Beinen liegt sie. Sie hat sich mit ihrer schmalen Taille, ihrem runden Po, der mit Riemen an mich gezurrt ist, dazwischen hineingezwängt, stützt sich mit den Händen auf meinen Brüsten ab, bis zu den Fingerspitzen und den Nägeln, die sich in das Fleisch krallen, naturalistisch echt. Ihre Füße schweben in schwarzen Stöckelschuhen in der Luft, ihr Rücken ist durchgebogen, und ihr Mund formt ein "Oh". Es muß ihr Mund sein, denn mehr ist von ihrem Gesicht nicht zu sehen. Die Hälfte des Kopfes fehlt, so als hätte jemand mit einem Säbel einen scharfen Streich oberhalb der Lippen quer durch ihr Haupt gezogen. Nur der geöffnete, schwarzgeschminkte Mund ist übrig, ein Kinn und einige rote Haarspitzen im Nacken, eine porzellanweiße Fläche deckt diesen Schnitt ab.

Ich erschauere. Da wäre ich also, für jedermann aufbereitet, ausgebreitet. Gevögelt von einer kopflosen, weiblichen Gestalt, von einem stöhnend geöffneten Mund. Wir beide liegen auf einem Lager, das von schwarzblauen, sich ringelnden Fischschwänzen gesäumt ist.

Ich bringe kein Wort heraus. Ich bin hin- und hergerissen zwischen Ekel und Begeisterung, zwischen Grauen und Stolz. Noch nie hat sich jemand die Mühe gemacht, sich so genau mit jedem Winkel meines Körpers auseinanderzusetzen. Sie muß Tage und Nächte, Stunden um Stunden an diesem Werk gearbeitet haben, sogar die Fältchen der Fingerglieder sind sichtbar. Die Körper der beiden Gestalten sind mit einer dünnen Gummischicht überzogen, die sich, wenn man sie berührt, samtig nachgiebig anfühlt, wie Penishaut. Ich taste mich langsam über die Wölbungen der Schultern in die Halsgrube hinein, fahre "mein" Kinn entlang zu den im rosa Scheinwerferlicht violetten Lippen. Diese Szene ist so real, daß sie abstoßend wirkt, sie hat nichts Poetisches, keinen geheimen Zauber, sie zeigt, was zu zeigen ist. Kein bißchen mehr.

"Ich kann nicht glauben, daß es so etwas gibt", sage ich schließlich, "daß du das wirklich gemacht hast, daß das ich bin, daß wir hier beide noch ein zweites Mal existieren, es ist wie ein Traum, wie ein Wahn. Warum hast du deinen Kopf abgeschnitten?"

"Weil ich nicht wichtig bin. Wichtig ist nur deine Lust, dich sollen die Leute sehen."

Ich lege gerührt den Arm um sie und schaue stumm auf die Figuren vor uns. Die Zeit scheint stillzustehen. Sie schaut mich vorsichtig an.

"Aber es gefällt dir nicht wirklich, stimmt's?" sagt sie traurig. Ich antworte nicht gleich. Unbehagen breitet sich aus. "Sonst würdest du anders reagieren."

"Doch, es gefällt mir. Sicher." Ich spüre, wie ich zu schwitzen anfange. "Es ist nur so, es ist so sehr ich. Ich meine, das bin wirklich und erkennbar ich."

"Das sollst auch du sein."

Sie streichelt zärtlich über meine Brüste, deren Warzen lebensecht wegstehen, in mattem Himbeerrot.

"Aber so bin ich nicht."

Sie hält inne und schaut mich mißtrauisch an.

"Wie meinst du das?"

"Ich spreize vor anderen einfach nicht so die Beine."

Sie legt mir die Arme um den Hals und schaut mich treuherzig an.

"Das ist doch nur symbolisch, genausogut hätte ich dich stehend abbilden können und mich vor dir kniend."

Ich mache mich los.

"Es ist nicht nur symbolisch. Was die Leute sehen, das bin ich, und meine Beine sind hier gespreizt, oder etwa nicht", sage ich ärgerlich.

Ich weiß nicht, welcher Teufel mich reitet. Ihre Skulpturen haben mir immer gefallen, ich habe sie als Ausdruck meiner eigenen Lust verherrlicht, so sehr, daß ich fast glaubte, Kaye allein deshalb lieben zu können. Sie haben mich vom ersten Augenblick an für sie eingenommen, nie wäre ich auf die Idee gekommen, sie kennenlernen zu wollen, hätte ich nicht vorher zumindest eine ihrer Installationen gesehen. Wie oft habe ich darüber sinniert,

wie sie wohl mich abbilden würde, könnte ich sie je dafür begeistern. Jetzt steht dieses Werk vor mir, als Gabe ihrer Liebe, und ich kann nichts daran finden. Es läßt mich kalt. Ich würde mich am liebsten umdrehen, und die violetten Lippen, den aufgerissenen Mund, den glatten Po, die in die Luft ragenden Stöckelschuhe so sein lassen, sie einfach vergessen und gehen.
"Aber das ist doch Kunst", sagt sie jetzt verzweifelt. "Das bist nicht wirklich du."
"Aber es ist mir ähnlich und ich will nicht, daß die Leute mich so sehen."

Ihr Gesicht verschließt sich. Sie wirkt auf einmal wie ein alt gewordener Clown mit Hängeohren, aber ich kann kein bißchen Mitleid mit ihr empfinden. In mir ist blanke Gleichgültigkeit. Sie dreht immer wieder ihren Finger über die erigierten Brustwarzen, aber mit den Gedanken ist sie ganz woanders. Tränen quellen aus ihren Augen.
"Kaye, es tut mir leid. Es ist ganz toll, daß du uns so innig abgebildet hast."
Sie reißt meine Hand von ihrer Schulter.
"Es ist nicht toll. Ich weiß, was du denkst. Jetzt arbeitet nur dein Kopf, dein Herz ist gar nicht mehr dabei. Du hast Angst, was deine Freundinnen sagen, bei denen zählt auch nur der Kopf. Die werden sich darüber lustig machen."
"Niemand macht sich darüber lustig."
"Doch, ich sehe sie schon, deine Felicitas, wie sie sich den Mund darüber zerreißt."
"Die hat doch ganz andere Sorgen."
"Was ist es dann? Was gefällt dir daran nicht?"

Ich starre auf die grauen Augen der Puppe, die meinen nachempfunden sind, auf die langen gebogenen Wimpern aus Nylon, auf ihren ekstatischen Blick zum Himmel. Sogar das Muttermal an meiner linken Schläfe hat Kaye nicht vergessen. Ich erschauere.

“Was hast du mit der Skulptur vor?”
“Das weiß ich noch nicht. Du gibst mir pauschal deine Erlaubnis, sie auszustellen, und wenn es so weit ist, informiere ich dich darüber, wann und wo.”
“Nie”, rufe ich aufgebracht. “Nie.”
Wir schauen einander erschrocken in die Augen, als wären wir in diesem Moment aufgewacht.
“Nie?” wiederholt sie leise.
“Nie.”
Eine drückende Stille entsteht, ich möchte am liebsten weglaufen, ich habe Angst vor dieser fanatischen Kaye, an diesem entlegenen Ort, vor ihren Handschellen und der Dunkelheit.
“Dann magst du meine Kunst nicht?”
“Ich mag sie schon, aber ohne mich.”
“Du findest sie albern und schlecht, so schlecht, daß du nicht einmal darin vorkommen magst.”
Sie jagt wie eine Wilde in dem kleinen, rosa erleuchteten Raum herum. Ich versuche, sie einzufangen, aber sie entkommt mir wieder und wieder.
“Kaye, ich kriege doch keinen einzigen Auftrag mehr, wenn das da herauskommt.”
“Was heißt das, “das da”? Was soll dieser verächtliche Ton? Stehst du denn nicht zu dir selbst?”
“Doch, aber...”
“Das kleine, spießige Bürgerstöchterchen.”
Sie hockt sich vor einen Werkzeugkasten, kramt darin herum und schluchzt vor sich hin.
“Dann war alles ein einziger, großer Irrtum.”
“Aber nein...” Ich beuge mich zu ihr. Sie steht auf, sie hat ein Beil in der Hand. Ich weiche erschrocken zurück. Sie geht auf mich zu, nur die Skulptur ist noch zwischen uns.

"Kaye, bitte nicht.."
Sie lacht grell auf und hebt mit beiden Händen das Beil über ihren Kopf. Mein Herz steht still.
"Du Hasenfuß..."
Sie läßt das Beil herunterdonnern und mein Kopf zerbirst in tausend Stücke. Die weißen, glasigen Splitter fliegen durch den Raum, in mein Gesicht, auf meine Schultern, meine Arme.
"Nicht...", schreie ich wie am Spieß. "Kaye, nicht..."
Aber sie läßt das Beil noch einmal niederfahren, ihr aufgerissener Porzellanmund bricht krachend auseinander, und das Echo des Aufpralls röhrt durch die leere Halle. Ich laufe in panischer Angst zur Tür. Hinter mir dröhnen neue Hiebe, jetzt dumpfer, weil sie auf die Gummiteile der Puppe prallen. Sie prägen sich für immer in mein aufgeregtes Herz. Ich jage weiter, nur hinaus, hinaus. Ihr Schreien und das wuchtige Hämmern ihrer Schläge verfolgen mich, bis ich auf der Straße bin.

Alte Liebe

Silvester. Schon am Morgen zerreißen Knallfrösche die Luft, die Stille danach ist beunruhigend, sie erinnert an das willkürlich von außen gesetzte Ende, dem wir heute zuhasten. Die Zeit zieht noch schneller davon als sonst. Im Radio wird künstliche Karnevalsstimmung verbreitet.

Mein Bruder lädt mich ein, den Abend bei ihm zu verbringen. Ich soll nur ja kommen, und nicht allein bleiben. Ich nicke, ich sage abwesend "ja, ist gut". Gleichzeitig stelle ich mir die heutige Feier in dem Penthouse der Dobisch vor. Kein anderer Gedanke will mir durch den Kopf. "Heute heiratet Felicitas", sage ich mir vor und sehe vor mir, wie die Dobisch sie ihren Freunden, den Spitzen der österreichischen Investment- und Finanzwelt vorstellt. Die Dobisch, der alte KV, ist bekannt dafür, daß sie sich auf jedem Clubabend mit ihren Bettgeschichten brüstet. Wenn Felicitas mehr ist als das, wird die Dobisch besitzergreifend sein, und das Täubchen nicht mehr auslassen. Vielleicht hat sie Eheringe gekauft, für heute nacht.

Der Schmerz dreht sich wie ein Feuerrad in meinem Magen. Der ganze Körper wird dadurch niedergewalzt. Ich bringe nicht viel anderes fertig als kleine, unbedeutende Verrichtungen in meiner Wohnung. Blumen gießen, Dinge wegräumen, die ohnehin nicht stören würden. Meinen Ordnungsbemühungen liegt kein rationales System zugrunde. Je mehr ich räume, umso mehr verliere ich meine Klarheit. Heute packt Kaye ihre Sachen und fährt nach London zurück. Ich habe auf allen Ebenen versagt. Ich suchte gestern abend ein letztes versöhnliches Gespräch mit ihr. Sie ließ mich lange an ihrer Wohnungstür klopfen und läuten, bis sie mir öffne-

te. Nach ein, zwei vergeblichen Anläufen schwiegen wir beide stur, bis ich wieder aufbrach. Ich fragte sie, warum sie ausgerechnet zu Silvester wegfahre, da würde sie den Jahreswechsel in der Bahn verbringen. Das wäre immer noch besser, als noch eine Sekunde länger in einer Stadt ohne Liebe zu bleiben, hatte sie geantwortet. Ich bot mich an, sie zum Bahnhof zu führen. Sie lehnte mißtrauisch ab. Ich insistierte, ich fragte: “Wer bringt dich sonst hin?”
“Niemand, ein Taxi.”
“Das Taxi bin ich. Ich hole dich um acht Uhr ab.”

Ein scheinbar normaler Ferientag. Spät aufstehen, lange frühstücken, dann kommt das Nichts. Ich starre auf die schmutzigen Schneereste im Vorgarten. Die Bäume sind längst wieder nackt und schwarz. Das Telephon schrillt.

“Ich bin’s, die Feli”, sagt eine verlegene Stimme.
Die Feli! Die sollte doch den Festtisch decken und den Truthahn vom Markt holen, oder wird bei der Dobisch Fisch gegessen? Ist denn schon das letzte Kästchen im Penthouse verstaut?
“Willst du mir ein gutes Neues Jahr wünschen? Das ist zu früh”, sage ich.
“Ich brauche etwas Berufliches von dir.”
Sie will mich interviewen. Sie hätte den Auftrag, in einem Wochenmagazin eine Serie über politisch aktive Frauen zu machen, und hätte mich vorgeschlagen. “Natürlich dich als erste, ich habe allen vorgeschwämt, wie radikal du bist.”
“Na dann, nächste Woche, ruf mich an.”
“Nein, heute”, sagt sie hastig.
“Heute?” wiederhole ich langsam. “Warum gerade heute?”
Ich stehe auf und gehe mit gerunzelten Brauen im Zim-

mer auf und ab. Das Telephonkabel verheddert sich im Bein des Schreibtisches und der Apparat bleibt armselig zwischen Himmel und Erde hängen.
“Weil ich es heute wissen möchte.”
“Was willst du wissen? Du weißt doch sowieso alles, was ich zu sagen habe. Du könntest den Artikel auch ohne mich zusammenstellen.”
Sie überhört diesen Satz.
“Wie wäre es um fünf?”
Das Entsetzen packt mich. Nein, ruft alles in mir, nein, nicht auch das noch, sie kurz vorher sehen, bevor sie in ein neues Leben abhaut. Was ist jetzt schon wieder in sie gefahren? Welche neue Grausamkeit hat sie sich überlegt? Ist ihr so langweilig mit der Dobisch, daß sie mich als Lückenbüßerin für den Silvesternachmittag braucht?
“Nein, ich kann nicht”, lüge ich.
“Wieso?”
“Ich treffe mich mit Kaye.”
“Na, die kann warten. Wann triffst du sie?”
“Das geht dich nichts an.”
“Sicher erst am Abend, da sind wir längst fertig.”
“Es geht unmöglich.”
“Also dann um fünf.”
Sie legt auf. Ich rufe sie sofort zurück, aber niemand hebt ab.
Ich will nicht, sage ich mir vor, ich will nicht. Ich will diese Verräterin nicht sehen, die nichts Besseres zu tun hat, als in das nächste gemachte Nest zu hüpfen, zur Dobisch, dem Huhn, das goldene Eier legt. Soll ich denn kumpelhaft über alte Zeiten reden, wenn sie mich interviewt? “Du weißt schon, 1989, mein erster Artikel, den hast du zu persönlich, zu wenig politisch gefunden, und so fort.”

Als wir noch ein Liebespaar waren, hatte sie so getan, als

wären meine Vorträge für sie bedeutungslos. Jetzt will sie ein Porträt von mir machen. Warum inszeniert sie sich eine solche Situation? Warum will sie sich für ein paar Stunden auf meine Gefühle einlassen, etwas, das sie immer verweigert hatte? Welche obskure Lust bereitet ihr das?

Die Stunden verrinnen, und in meinem Kopf regiert zusehends das Chaos. Ich will sie nicht sehen, und eigentlich doch. Ich möchte mich in meinem Verlustschmerz vergraben. Gleichzeitig ergreift fieberhafte Aufbruchsstimmung von mir Besitz. Mein Adrenalinspiegel steigt, je näher es auf fünf Uhr zugeht.

Ich stehe in einem Haufen Kleidungsstücke und kann mich nicht entscheiden. Schließlich wähle ich aus lauter Trotz ein Gewand, das bei ihr nur Entsetzen hervorrufen kann. Sie ist konservativ, erdig, schick. Ich aber, da ich mich um ihren Geschmack nicht mehr zu kümmern habe, da sie mich nichts mehr angeht und sich verpissen soll mit ihrer neuen Liebe, ich ziehe etwas Nuttiges an, etwas, das höchstens Kaye gefallen würde, etwas, das niemand, aber auch niemand aus unseren Kreisen in der Öffentlichkeit tragen würde. Lackstiefel mit hohem Absatz und Stulpen, die über die Knie hinaufreichen, und knapp darüber beginnt der Saum eines schwarzglänzenden Minirockes. Jetzt, heute, Jahre später, denke ich mir, ich muß verrückt gewesen sein, an jenem Tag, in dieser Zeit meines Lebens. Um Felicitas aus den Klauen der Dobisch zu holen und sie eines Besseren zu belehren, war diese Kleidung die falsche. Aber nicht einmal ein solcher Entgleiser konnte den Lauf der Dinge ändern.

Sie läutet Sturm. Ich rase zur Tür und werfe einen Ozelotwebpelz über. Weil er ein Weihnachtsgeschenk ist, und ich ihn zum ersten Mal trage, gibt er mit das Gefühl verzaubert worden zu sein. Der flauschige Kragen schmeichelt meine Wangen.

Sie wartet auf der anderen Straßenseite, öffnet die Wagentür, und ich höre ihr Lachen. Das liebe, gut aufgelegte, überraschte, spritzige Lachen, mit dem sie mich früher immer überschüttet hatte, wenn ich in einer ihr noch unbekannten Aufmachung vor ihr erschienen war.
"Ja ist denn dieser Mantel neu? Hüllst du dich in Pelz jetzt?"
Ihre verblüffte Begeisterung und daß sie mich sofort in den Ärmel kneift, denn ein neues Kleidungsstück müsse man "einzwicken", geben diesem Nachmittag gleich seine Prägung. Ihre Munterkeit hebt mich aus den Angeln, ich vergesse, daß Silvester ist und sie mit einer anderen liiert, mit der sie heute auf immer zusammenziehen will, und werde überschäumend freundlich, voller Witz und Charme.

"Du bist doch heute sicher auf ein Fest eingeladen", frage ich vorsichtig.
"Na und?" sagt sie leichthin, als sie anstartet. "Das beginnt erst spät am Abend."
"Mußt du denn der Dobisch nicht helfen?"
"Geh laß doch die olle Dobisch aus dem Spiel. Wir machen uns einen schönen Nachmittag", ruft sie mit einer sich vor Übermut überschlagenden Stimme und macht mit der Hand eine wegwerfende Bewegung in den Fond des Wagens. Mir ist nach Schulschwänzen zumute bei ihren Worten.
"Und wohin fahren wir?"
"Sag du."
"Dann laß mich ans Lenkrad."

Wir tauschen Platz, und im strömenden Regen gebe ich Gas, so daß der Wagen hohe Fontainen an den Bordstein fegt. Es ist, als hätten wir unser erstes Rendezvous.

Sie betrachtet mich von der Seite. Sie wolle lieber gar nicht wissen, was ich unter dem Mantel trage. Sie tut so, als würde sie sich bei diesem Gedanken den Schweiß aus der Stirn wischen.
"Wie hoch gehen denn die Stulpen hinauf, und wo fahren wir eigentlich hin, das ist ja abgelegen hier."
"Das ist eine Geiselnahme", kichere ich.
"Hätte ich doch mein *baise-en-ville*[1] mitnehmen sollen."
"Sei nicht immer so zweideutig."
"Das macht dein Sex-Appeal."

*

Sechs Uhr. Die Dobisch läßt vermutlich gerade Sebastian ein, der mehrere Kisten selbstbereiteter *Hors d'oeuvres à l'Irlandaise* bringt und seinen dunklen Anzug in Zellophan verpackt über dem Arm trägt. Er stutzt, als Felicitas ihm nicht entgegenkommt. Die Dobisch trägt eine Plastikschürze, auf die faustgroße Kirschen aufgedruckt sind, und die Busen und Bauch zur Gänze abschirmt vor etwaigen Kalamitäten des Kochens. Sie lacht gutmütig. Sie sagt, Felicitas hätte noch einen Termin in der Stadt. Gegen neun wäre sie sicher da. Sie zeigt dem eingeschnappten Sebastian die Terrasse mit Wienblick. "Von hier aus sehen wir jedes Feuerwerk." Sie trinken gemeinsam das erste Glas Sekt.

*

[1] Baise-en-ville, dt: Fickköfferchen

Die Wagenscheiben beschlagen sich, draußen der Regen, hier die feuchte Wärme unserer Körper, die beide dampfig sind vor Aufregung, und der Gesprächsfaden, das Geflirte reißen nicht ab, als existierte die Welt draußen nicht, als hätte es für mich nie eine Kaye gegeben, als würde keine Dobisch darauf warten, mit Felicitas heute ins Neue Jahr zu walzen, als gäbe es keine böse Vergangenheit zwischen uns beiden.

“Weißt du überhaupt noch, wohin du fährst?”

Die Straße führt durch schwarzen, regennassen Wald, grauer Himmel, und da taucht endlich das Schloß auf. Die Freitreppe, die Fahnen, die parkenden Autos kommen in Sicht. “Ohhh”, sagt sie. “Ohhh.” Ich verlangsame, als führe ich einen teuren Schlitten und biege in die Einfahrt ein. Die Räder knirschen auf dem Kies. Wie ich vorhergesehen habe, ist Felicitas entzückt, sagt sie, daß es phantastisch wäre, mit mir immer noch etwas Neues zu erleben. Mir schwillt die Brust. Warum berührt es mich gerade bei dieser Frau so, daß sie das, was ich ihr zeige, noch nicht kennt? Warum will ich gerade ihre Bewunderung, warum gibt es Momente, in denen ihr Erstaunen, ihre Sternchen in den Augen das Wichtigste der Welt sind?

*

Gleichzeitig mag Kaye eben den großen Schrankkoffer fertiggepackt haben, kniet sich darauf, um ihn zuschließen zu können. Er wiegt schwer. Das liegt nicht an den drei, vier schwarzen T-Shirts. Würde jemand den Koffer öffnen, er würde sich fragen, welcher Berufsgruppe dessen Besitzerin angehört. Die Leinen, Halsbänder und Peitschen deuten auf eine Liebhaberin von Zuchtpferden oder Doggen hin, die halbvollen Leim- und Farbbehälter, die Porzellanglasurmasse, das Flüssiglatex, das Beil, der Hammer, die Säge auf eine leidenschaftliche

Heimwerkerin, die Salben, Gels, das Henna und die Kräutertees auf eine Naturheilkundlerin. Auf eine begnadete Bildhauerin würde nie jemand kommen. Kaye überlegt, ob sie nicht doch noch bei mir anrufen und mir absagen soll. Meine Haltung hat sie zu sehr verletzt, als daß sie jetzt auch noch von mir verabschiedet werden möchte. Dann aber siegt das Verlangen, mich zu sehen, und sie legt sich auf die Matratze, verschränkt die Arme hinter dem Kopf und läßt wartend die Zeit vergehen.

*

Felicitas und ich steigen aus dem Wagen, und es ist, als würde die Liebe gerade jetzt einsetzen. Ein Regen von Amorpfeilen scheint auf uns niederzuprasseln. Auf der Stelle will sie mich photographieren, und meine Kleidung ist wie durch ein Wunder goldrichtig. Ich posiere auf der Freitreppe und gegen die Säulen gelehnt wie eine der ganz Mächtigen und ihr schwärmerischer Blick sagt "Ja, das bist du auch." Schon beim ersten Photo gestatte ich mir ein draufgängerisches Lächeln, und sie: "So schau doch nicht gar so verwegen drein", und drückt ab, "doch nicht so aufreizend, ich bitte dich... jetzt von der anderen Seite... und wenn du den Kopf nach hinten wirfst, und der Wind durch dein Haar weht", und drückt ab und drückt ab. Wir halten inne, um einander in die Augen zu schauen.

Ich nehme ihr die schwere Kamera aus der Hand, die sie der Dobisch eigens für das Interview mit mir heimlich entwendet hat, und auch ich kann nicht anders, als einen Gesichtsausdruck nach dem anderen von ihr festhalten zu wollen, immer wieder aufs neue auf den Auslöser zu drücken und das schnell Vergängliche, ihr Gesicht, noch einmal festzuhalten, weil es doch nach diesem Nachmittag für immer für mich verloren sein wird. Ein reißender

Fluß wird uns ein paar Stunden später wieder auseinandertreiben. Die Mitternacht wird zur unheilvollen Stunde Null, in der sich ihr Leben und das der Dobisch miteinander vereinigen. Das Jetzt ist daher dringend und unübertreffbar. Ich photographiere, als hinge mein Leben davon ab, sie hier und jetzt mit dieser Kamera zu bannen, und sie keine Sekunde aus den Augen zu lassen, keinen Augenblick lang zu gestatten, daß sie sich abwendet oder mit einem anderen Gedanken, als mit dem an mich konfrontiert ist.

*

Sebastian hängt mißgelaunt seinen dunklen Anzug auf. Er hätte mit Felicitas besprechen wollen, welches Hemd besser zu seiner neuen Frisur paßt. Die Dobisch hat die blausilberne Tönung in seinem Haar nicht einmal bemerkt, und Felicitas ist nicht da, ruft nicht an, gibt kein Lebenszeichen von sich. So jovial die Dobisch und er zueinander sind, heute nervt sie ihn mit ihrem Hin- und Hergerenne. In einem fort läutet es an der Tür, der *Traiteur* liefert das kalte Buffet, die *Confiserie Demel* hat eine Torte gebracht. Die Dobisch stellt sie geheimnistuerisch mitsamt Verpackung auf die Anrichte.

*

“Und ich hätte gedacht, die viele Photographiererei wäre nun endlich vorbei, seit wir nicht mehr zusammen sind”, lacht Felicitas.
Wie eine Diva werfe ich mich in das *Chippendale* Sofa der Schloßhotelhalle. Der Mantel fächert sich in plüschigen Ozelotfalten um mich auf, die Beine schlage ich übereinander, die Stulpen knirschen auf dem Leder. Ich lehne nun da, galant, die Hand mal anmutig im Pelz vergra-

ben, mal in den Haaren, in den Hüften, umschmeichle meine Photographin.
“Mach ihn schon auf, den Mantel”, befiehlt sie.
Ich zögere, dann ziehe ich vorsichtig die Schöße auseinander. Ich habe mich noch nie einem solchen Wagnis ausgesetzt. Was ist, wenn unser zauberhaftes Einverständnis nun der Peinlichkeit weicht. Sie aber lächelt bewundernd und schaut einmal in ihrem Leben erwachsen aus. Eine neue Welle von Schnappschüssen bricht über mich herein.
“Spreiz die Beine in deinem Mini”, ruft sie kühn. “Das wird ein privates Photo, nur für mich.”
“Das darfst du nicht. Wenn das die Dobisch sieht.”
“Die würde ohnehin tausend Tode sterben, wenn sie wüßte, daß ich dich heute treffe.”
Kaye, denke ich dankbar, hat mein erotisches Selbstwertgefühl geweckt, das muß man ihr lassen. Ich geniere mich für keinen hochgeschobenen Rock mehr, auch vor Felicitas nicht. Kaye! Irgend etwas stimmt nicht mit diesem Namen. Ich werde blaß vor Schreck, als ich auf die Uhr schaue. Ich hätte längst bei ihr sein sollen.

*

Acht Uhr. Kaye schiebt den Schrankkoffer zur Tür und zieht den Mantel an, sie erwartet mich in ein paar Minuten. Die Dobisch und Sebastian machen Toilette. Die Dobisch schlüpft mit einer beginnenden leichten Unruhe im Hintergrund ihrer Gedanken in eine graue Bundfaltenhose, Größe 48. Sebastian ist mürrisch. Das Gummiband seiner Fliege reißt ab.

*

Die Halle ist leer, der Portier, der in seiner Loge kaum zu

sehen ist, kramt unbeteiligt an unserem Blitzlichtgewitter in seinen Papieren, und so sind wir umgeben von Stille. Im gedämpften Licht der Messinglampen glimmen Felicitas' grüne, dunkelumrandete Augen auf. Sie ruhen immer öfter, immer verlangender auf mir. Mit Entsetzen denke ich daran, daß ich dabei bin, Kaye zu versetzen. Selbst wenn ich zu ihr aufbrechen wollte, wäre es jetzt schon zu spät.

*

Zwanzig nach acht. Kaye kann es sich nicht leisten, noch länger auf mich zu warten. Ihr Gesicht ist vor Wut verschlossen, als sie langsam den Koffer aus der Tür hinausschiebt, Strom und Gas abdreht, den Schlüssel in den Postkasten der Nachbarin, ihrer Vermieterin wirft und mit dem schweren Gepäck langsam die Stiegen hinuntersteigt. Einer der Hausbewohner, der zufällig dabei ist, den Abfall auszuleeren, hievt ihr den Koffer auf die Straße.

*

Felicitas kann den Film nicht wechseln, da sie die Kamera zum ersten Mal in der Hand hält. Wir tüfteln herum, bis wir unter einem Schnappdeckel eine kleine Erhebung finden.

"Siehst du", sage ich, "man braucht nur das Knöpfchen freizumachen, wie sonst auch."

Meine Stimme kippt vor Erregung. "Es versteckt sich gern", spreche ich weiter, "und wartet, bis man es hervorholt."

Sie wird rot. "Sei doch nicht so anzüglich zu mir", ruft sie aus. Sie steht bei diesen Anspielungen wie unter Strom. Gleichzeitig genießt sie sie.

Wir setzen uns zum Kamin und bestellen einen Imbiß. Wir sind die einzigen Gäste um diese Uhrzeit an einem frühen Silvesterabend. Mein schlechtes Gewissen in punkto Kaye weicht der durch Felicitas verursachten Reizüberflutung. Wir machen uns an das versprochene Interview. Felicitas stellt das Micro vor mich hin und drückt auf Aufnahme. Wir setzen beide eine ernste Miene auf. Sie holt tief Luft. Plötzlich rutscht ihr die Frage heraus, ob ich wirklich eine blasphemische Christnacht mit Kaye verbracht hätte. Ich drücke schnell auf die Stoptaste.

"Und du?" frage ich zurück. "Bist du jetzt mit der Dobisch richtig liiert oder nicht?"

"He", ruft sie, "wer stellt hier die Fragen, du oder ich?"

"Sag es mir!"

Sie schweigt, und ich stochere ohne sie anzusehen auf meinem Teller herum.

"Wenn du es schon so genau wissen willst", sagt sie gedehnt, "ich habe keinen Sex mit der Dobisch, und außerdem muß sie auch dauernd pinkeln, so wie du, und geht viermal wöchentlich in Therapie. Man kann nicht sagen, daß irgend etwas besser geworden wäre."

Ich lache schallend. Sie schaut mich mutwillig an.

"Ich habe niemanden, der mich lieb anfaßt", sagt sie trotzig. "Früher, mit dir sind mir diese Zärtlichkeiten auf die Nerven gegangen. Jetzt sehne ich mich danach."

"Aber seid ihr nun ein Liebespaar oder nicht?" insistiere ich.

"Jetzt hör mit der peinlichen Fragerei auf. Ich muß mir glatt den Schweiß wegwischen, wegen dir", sagt sie und fährt sich mit der Serviette in die Achselhöhlen.

"Soll ich ihn dir weglutschen?" will ich fragen, halte mich aber zurück.

"Das einzige, was die Dobisch will, ist vor der Glotze sitzen und Händchen halten", stößt sie hervor.

Der Schweiß rinnt ihr nun in Bächen hinunter.

*

Die Dobisch läßt die ersten Gäste ein, die Spirituosen und Einstandsgeschenke in Hülle und Fülle mitbringen. Sie fragen nach Felicitas. “Die kommt noch”, antwortet sie tapfer. “Die Kleine hat sich etwas verspätet.” Daß sie beunruhigt ist, zeigt sie nicht. Langsam kriecht die Angst, bloßgestellt zu werden, in ihr hoch. Eine ihrer besten Freundinnen, eine Immobilienmaklerin geht unter den Protesten der Gastgeberin frech zur Anrichte und hebt die Verpackung der Torte in die Höhe. Die ganze Gesellschaft ist entzückt, ein rosa Herz aus Zuckerglasur wird sichtbar, dreistöckig. Auf dem obersten Sockel ruhen zwei ineinander verschlungene goldene Ringe. “Für Mitternacht”, sagt die Dobisch leise und hat erstmalig einen Knoten im Hals.

*

“Bezeichnest du dich nun als sexuell offensive Frau oder nicht?” fragt Felicitas schelmisch bei laufendem Tonband. Ich lehne mich grinsend zurück. Ich komme mir vor, wie eine dieser Neujahrsraketen, die in einer Spirale langsam hochgehen und Funken, Lichter und Zischen abgeben. Mein Minirock schiebt sich hinauf, ich stelle meine Schenkel zur Schau, als würde ich mein Geschlecht zum ersten Mal herzeigen.

*

Kaye ist knapp vor Abfahrt des Zuges am Bahnhof eingetroffen. Sie wirft eine Karte in den Postkasten, auf die sie im Taxi die Worte, “You disappointed me enormously, I don’t want to see you anymore” geschrieben hat. Die wenigen Leute am Bahnsteig weichen vor ihrem harten, in sich gekehrten Gesichtsausdruck zurück und fangen zu tuscheln an. Zwei Schaffner beeilen sich, ihr das Gepäck hinaufzuheben. Sie stolpern fast über den schweren Schrankkoffer. Kaye bemerkt diese Details nicht. Sie sucht ein leeres Abteil, macht das Licht aus und setzt sich zum Fenster.

*

Wir sind mit dem Interview fertig. Felicitas schaltet das Tonband ab. Wir sind beide hochrot im Gesicht vor Anstrengung.
"Super. Du warst super", sagt Felicitas.
"Jetzt mußt du gehen, dein Fest hat längst begonnen."
"Ja." Sie nickt traurig.
Wir schauen einander unschlüssig in die Augen. Sie schlägt ihre als erstes nieder und hat plötzlich einen unzufriedenen Ausdruck im Gesicht.
"Das heißt...", murrt sie. "...ich habe nicht einmal eine richtige Frisur für das Fest. Die liegen wie ein Deckel auf der Stirn, die Haare."
"Na ja...", sage ich, "...so schlimm ist es auch wieder nicht."
"Schneid sie mir...", ruft sie fordernd.
"Wie bitte?"
"Ja, schneid sie mir. Jetzt. Sofort."
"Wo soll ich dir die Haare schneiden und womit?" frage ich entsetzt.
"Ich habe eine Schere mit." Sie kramt in ihrer Tasche.
"Das ist doch eine Nagelschere."
"Na und?"
"Da säble ich stundenlang. Kommt nicht in Frage."
Aber sie packt Tonband und Photoapparat, meinen Pelzmantel und ihre Notizen zusammen und zieht mich schon mit, in Richtung Toilette.
"Nein", rufe ich. "Ich kann so etwas nicht."
"Du hast das immer gekonnt."

"Du warst nie zufrieden damit. Das letzte Mal hast du nachher wie ein Sträfling ausgesehen."

"Nur die Spitzen. Nur vorne, ein bißchen."

Wir erreichen das Foyer. In diesem Moment kommt eine Busladung Silvestergäste bei der Tür herein. Lachen, Rufen, Parfümwolken, dunkle Anzüge und Abendkleider umschwirren uns. Es ist kein Weiterkommen. Wir stecken in der Menge fest. Bevor wir auseinandergerissen werden, packt sie meine Hand und bahnt sich ihren Weg durch Satin und Spitze, Straßgeglitzer und an zigarrettenrauchenden Männerhänden vorbei.

Auf der Damentoilette setzt sie sich auf einen Hocker vor dem Spiegel, hält mir die kleine Schere und einen Kamm hin und schaut mich mit einem kindlichen Ausdruck erwartungsvoll an. Ich fahre ihr unschlüssig durch das Haar.

"Du hast einen Knall", stoße ich hervor.

"Mach sie naß."

"Du solltest gehen. Du bist spät dran."

Sie aber rührt sich nicht vom Fleck. Ich halte die Hände unter den Wasserhahn und benetze ihr Haar. In diesem Augenblick öffnet sich die Tür und ein Schub Frauen stürzt in den Raum. Sie schauen etwas verdutzt, als sie uns sehen. Unter Gekicher und Gelächter werden Schminkstifte herausgezogen, Türen geöffnet und Kleider zurechtgerückt. Wir werden von diesem Ansturm weiblicher Koketterie schier erdrückt.

"Los, wir hauen ab", sagt Felicitas. Sie nimmt mich wieder an der Hand, und wir verlassen die Damentoilette. Wir befinden uns vor einer Hintertreppe, die in die oberen Stockwerke führt. Niemand ist zu sehen.

*

Sebastian hat sich in das Schlafzimmer der Dobisch

geschlichen, greift zum Telephonhörer und wählt meine Nummer. Und dann flötet er mit der liebreizendsten Stimme, derer er mächtig ist, auf meinen Anrufbeantworter.

"Hallo", sagt er sanft. "Hier ist Sebastian."

Verlegene Pause, aber viel Zeit hat er nicht, sonst schnappt das Band ab.

"Ja, ich hoffe, es geht dir gut, und du feierst mit all deinen Lieben (und man fragt sich, woher er in der Eile die Formulierung "all deine Lieben" her hat), und solltest du zufällig...", haucht er vorsichtig in den Apparat, "ganz zufällig Felicitas über den Weg laufen, ja könntest du ihr dann bitte sagen, sie solle sich *dringend*, bitte *dringend* (und hier verschmilzt seine Stimme zu einem weinerlichen Tremolo) bei mir melden. Du bist ein Schatz."

*

"Wir gehen jetzt besser", sage ich. "Dein Fest ist in vollem Gange."

"Aber nein", protestiert Felicitas und lacht verschwörerisch. Sie läuft die Treppe hinauf. "Fang mich."

"Bleib da", rufe ich.

"Komm mit", schallt ihre Stimme von oben. Ich zögere, dann laufe ich ihr nach. Der dicke Teppich verschluckt das Geräusch unserer Schritte. Sie jagt höher und höher hinauf. Im dritten Stock bleibt sie stehen. Das Stimmengewirr dringt nur mehr gedämpft zu uns herauf. Hier ist nichts als die Notbeleuchtung an.

"Felicitas, was tust du hier?"

"Wir brauchen doch Ruhe für unseren Haarschnitt", sagt sie und in ihrer Stimme schwingt unterdrückte Leidenschaft. Sie geht mir voran den matterleuchteten Gang entlang und versucht vorsichtig, eine der breiten Flügeltüren mit goldenen Zimmernummern zu öffnen. So war sie immer schon. Nach außen strikt nach Etikette lebend,

in Wahrheit hält sie sich an keine Regel. Die dritte, gepolsterte Doppeltür am Ende des Ganges gibt ihr nach. Sie schubst mich in den dunklen Raum, schließt leise die Türen hinter sich. Es riecht nach gebohnertem Holz. Durch eine Balkontür mit schmiedeeisener Brüstung sind der schwarze Nachthimmel und die Lichter der Stadt zu sehen. Böller knallen aus der Ferne. Hie und da zischt eine verfrühte Feuerwerksrakete durch die Luft.
"Oh", sage ich leise.
"Siehst du", flüstert sie nahe an meinem Ohr, "was dir die Feli alles zeigt."
Wir bleiben andächtig leicht aneinandergelehnt stehen. Ich wage nicht, sie zu berühren, aus Angst den Zauber zu zerstören.
Sie macht das Licht an und wir brechen in Lachen aus. Ein weißes Rokokkobett steht dominant im Raum, rosa Teppichboden, Kristalluster. Sie beugt sich zum Radio neben dem Bett und macht es an. Flotte DJ-Silvestersprüche überschlagen sich, dann Discomusik. Felicitas geht zielstrebig zu dem verschnörkselten Spiegeltisch aus Schleiflack und setzt sich hin.
"Und jetzt los", ruft sie.

*

Kayes Zug hat in Attnang-Puchheim zwei Minuten Aufenthalt. Kaye mit ihrer ungewöhnlichen Fracht ist der einzige Fahrgast im Waggon. In düstere Gedanken versunken nimmt sie die Gestalten auf dem Bahnhof nur undeutlich wahr. Als der Zug wieder anfährt, geht die Abteiltür auf, und eine junge Frau stößt eine Reisetasche hinein. Sie trägt ein Trachtenkostüm. Das blonde Haar ist zu einem Kranz geflochten und aufgesteckt. Bevor sie dazu kommt, sich zu setzen, fährt der Zug mit einem heftigen Ruck an. Sie und Kaye werden nach hinten geschleudert. Kayes schwerer

Koffer kippt aus dem Gepäcksnetz und donnert zwischen den beiden Frauen auf den Boden. Sein Inhalt ergießt sich klirrend und scheppernd über das ganze Abteil.

*

Ich bin von Felicitas' Unverfrorenheit überwältigt. Nicht nur, daß sie ihre Geliebte und gut an die fünfzig Gäste seit zwei Stunden warten läßt. Nein, auch hier handelt sie uns Ärger ein. Jeden Augenblick können wir in diesem Zimmer ertappt, vielleicht wegen Sachbeschädigung angezeigt und hinausgeworfen werden. Trotzdem sitzt sie ruhig auf dem Hocker und lächelt mich verführerisch an. Ich trete hinter sie und betrachte uns beide im Spiegel. Was mache ich hier nur mit ihr? Ihr Anblick ist wie eine Fata Morgana. Die noch vor uns liegenden Stunden öffnen sich wie das Himmelstor, aber diese Öffnung ist trügerisch, ich kann nicht sehen, wohin sie führt. Sie ist ausgefüllt mit Felicitas' lockigem, goldbraun glänzenden Haar, das mir die Sicht in die Zukunft versperrt. Ich fahre mit den Fingern durch diese Fülle, und sie lehnt sich aufseufzend zurück, an mich an. Das Haar ist flockig und wollig und Lichtpünktchen tanzen zwischen den Strähnen auf und ab. Ich darf nicht weiter denken. Ich schaue auf meine heißen Wangen, ich komme mir luftig vor, als würde ich jeden Moment abheben. Meine Augen glänzen so, als wären sie poliert worden. Ich bin so stark und so intensiv bei mir, wie noch nie, glaube ich. Wie noch nie.

*

Im Penthouse herrscht wie heute überall in Wien feuchtfröhliche Stimmung. Die Gäste haben aufgehört, nach Felicitas zu fragen. Sie tanzen, lärmen, ergehen sich auf der Dachterrasse, johlen zu den Nachbarn hinüber, montieren Feuerwerkskörper an strategischen Stellen. Nur Sebastian und die Dobisch sind der Verzweiflung nahe. Sie gehen alle zehn Minuten mal in einen Nebenraum und greifen zum Telephonhörer. Wahllos telephonieren sie die Nummern aller Freunde von Felicitas durch. Doch die Suche ist erfolglos. Auch mich wählen sie immer wieder an. Die Dobisch gießt einen Wodka nach dem anderen hinter die Binde. Einem jeden, der ihr über den Weg läuft, lallt sie den Satz, “Felicitas kommt gleich, sie hat noch einen wichtigen Termin” entgegen. Ihre Gäste nehmen jedoch schon längst keine Notiz mehr davon.

*

Ich lege Felicitas das Handtuch um die Schultern und bin erstmalig sensibel für ihren Körper. Ihr Gesicht ist mit einem Mal so nahe, ich spüre ihre Schläfen an den Fingerkuppen, als ich ihre die Haare naß mache, ich möchte ihre Wangen streicheln. Als ich das erste Passé in die Höhe hebe und die kleine Schere an die Spitzen halte, stehe ich verantwortungslos dicht an ihr. Ich wippe zu der Musik aus dem Radio mit den Hüften.

“Hast du schon etwas von sexueller Belästigung am Arbeitsplatz gehört?” sagt sie, und ihre Hand ist auf einmal zwischen meinen Beinen, weich und sanft. Ich will sie wegziehen, kann es nicht. Was wird sie sich von mir denken, daß ich mir das gefallen lasse? Die Hand wandert meine Beine hinauf, bis sie anstößt, und ich bringe es nicht fertig, sie zu nehmen und wegzudrücken.

“Felicitas, es reicht”, lache ich, und sie hört auf, aber der Abdruck ihrer Finger, die Wärme sind noch lange nachzuspüren.

Ich sollte meine Sachen zusammenpacken und gehen, denke ich. Ich sollte mich daran erinnern, was Kaye über den Machtkampf zwischen Felicitas und mir gesagt hat. Wenn ich jetzt nachgebe, stehe ich vielleicht bald wieder allein da. Ich sehe die Dobisch in ihrer neuen Wohnung vor mir. Aber diese Vorbehalte machen den Moment noch süßer. Die hellen Spitzen von Felicitas' braunen Locken ringeln sich um meine Finger, und nichts ist wichtiger, als so lange wie möglich, so gewissenhaft wie möglich mit einer Nagelschere diese Haare zu schneiden. Meine Liebe zu Felicitas strahlt hell wie ein Scheinwerfer durch den Raum. Es ist mir rätselhaft, warum dieses Gefühl immer noch in mir ist, entgegen allem, was ich analysiert und mir vorgenommen habe, aber es fühlt sich an wie etwas Normales, immer schon Dagewesenes und will mir die Brust sprengen. Diese Liebe dröhnt in mir, sie macht sich körperlich bemerkbar, wie noch nie ein Gefühl zuvor, es sei denn der Schmerz, von ihr verlassen worden zu sein, damals als sie wegfuhr.

"I don't wanna lose you", singt Tina Turner.

"Und das stimmt auch", sagt Felicitas jetzt inbrünstig. Dieser Satz ist wie eine Umarmung. Es ist still geworden zwischen uns, und ich habe Angst vor dem, was kommen wird. Ich wage nicht, die Distanz unserer Körper zu verringern. Es ist, als würde ich in Felicitas hineinschauen und ihre Wünsche sehen können. Ich habe sie jetzt als Frau vor mir, die sich mit mir bewußt auf alles einlassen würde, und das macht mir Angst. Ihre Bereitschaft, sich mir hinzugeben, nehme ich als etwas Fremdes wahr, etwas Erwachsenes, Frauliches, das ich an ihr nicht kenne und deshalb als Möglichkeit nicht in Betracht ziehen will.

*

Die letzten Minuten vor Mitternacht. Kaye und die bezopfte Blondine aus Oberösterreich lieben einander in einem dunklen Abteil des dahinratternden Zuges inmitten von Lackdosen, Latexlappen, Lustcremen, Feilen, Beilen, Handschellen und Porzellansplittern, im bleichen Licht der vorbeihuschenden Bahnhofslampen.

Die Gästeschar der Dobisch ergießt sich *en bloc* auf die Dachterrasse, um nahe am Geschehen zu sein. Die Immobilienmaklerin hebt kreischend die rosa Herztorte hoch und will sie triumphierend hinaustragen. Da stürzt sich die Dobisch schluchzend auf sie und reißt sie ihr aus den Händen. Sie torkelt in Richtung Schlafzimmer, um die Torte dort in Sicherheit zu bringen, rutscht aus und stürzt Sebastian zu Füßen, dessen Anzug, Gesicht und Haare mit rosigem Zucker-Butterschleim bekleckert werden. Die goldenen Eheringe springen auf die Terrasse, rollen an Dutzenden Schuhpaaren vorbei zur Dachrinne, klappern unzählige Stockwerke hinunter und verschwinden so auf Nimmerwiedersehen. Sebastian verdrückt sich fluchend, um sich zu restaurieren, und beschließt, zum ersten Mal in seinem Leben in eine Schwulenbar zu gehen. Die Dobisch bleibt reglos am Boden liegen, während die Sektkorken knallen.

*

Ich bin mit dem Schneiden fertig. Wir gehen in das marmorgekachelte Bad, und Felicitas wäscht sich die Haare vom Hals weg. Sie trägt ein schwarzes, dünnes T-Shirt, das sie zart und schlank erscheinen läßt. Ich reiche ihr das Handtuch.

"Ein Superhaarschnitt", sagt sie bewundernd.

"Wirklich?"

Sie dreht sich zu mir.

"Und du hast auch ein paar Härchen auf der Nase", fügt

sie besorgt hinzu und streicht sie mir weg. Sie nimmt mich um die Taille. Ich muß achtgeben, denke ich, ich muß ihre Hände wegheben, bevor es zu spät ist. Ich stehe aber nur still da und warte was kommt. Da zieht sie mich an sich, und ich gebe k.o. Ich sinke an ihre Brust. Ich will nicht denken und trotzdem fahren meine Gedanken Schlitten. Ich will an einen Traum glauben, aber es gibt nichts zu träumen, es ist Wirklichkeit.

Sie hält mich fest umschlossen, ich halte still, so wie sie stillhält. Es ist gefährlich, verboten und ungehörig, und ist doch. Es ist ihr Körper, wirklich ihrer, es sind ihre Hände. Ich hätte nie mehr daran geglaubt. Wir streicheln einander, sind stumm und befangen. Was hier passiert, ist betäubend, unbekannt und doch unglaublich nahe, hätte nie sein dürfen, wegen der Dobisch, wegen meiner neu entdeckten, ihr so fremden sexuellen Vorlieben, und ist doch geschehen. Ich darf nicht weinen, sage ich mir, das ist eine Schwäche, die dieser Moment nicht verdient, eine Trauer, die nicht paßt. Da sagt sie leise: "So schön bist du. Ich habe mich so nach dir gesehnt." Gerade diese Worte haben noch gefehlt, warum muß sie mir auch noch ein Kompliment machen. Diese Worte sind schuld, daß mir doch die Tränen hinunterrinnen. Schrecklich, denke ich, ich werde dadurch schwer und unbeweglich, und die Situation noch mehr mit Gefühlen aufgeladen. Mein Gesicht liegt tränenüberströmt an ihrer Schulter und wird von ihrer Wange gestreichelt.

Ich habe genug um sie gelitten, denke ich trotzig, es steht mir zu, daß sie mich jetzt unaufschiebbar, gegen jede Vernunft und gegen ihren Willen begehren muß und ohne mich nicht leben kann.

Ihr Gesichtsausdruck ist dunkel, schwer und verlangend, als sie mir in die Augen schaut und mit erstickter Stimme sagt: "Mein Liebling. Nicht weinen, sonst fange ich auch gleich an." Aus ihrem Gesicht sprechen Liebe und schwermütige Hingabe. Ihre grünen Augen sind fast schwarz vor Sehnsucht, die Züge vor unterdrückten Tränen und Rührung noch ernster, noch härter. Ihre Gesten unsicherer und zarter als sonst.

Felicitas hebt mich hoch und trägt mich zum Bett. Im Radio läuft der Countdown zum Jahreswechsel, die Glocke des Wiener Stephansdoms ist zu hören. Vor dem Fenster steigen grüne, rote, gelbe Lichtgarben auf.